鐘穎／著

童話裡的心理學

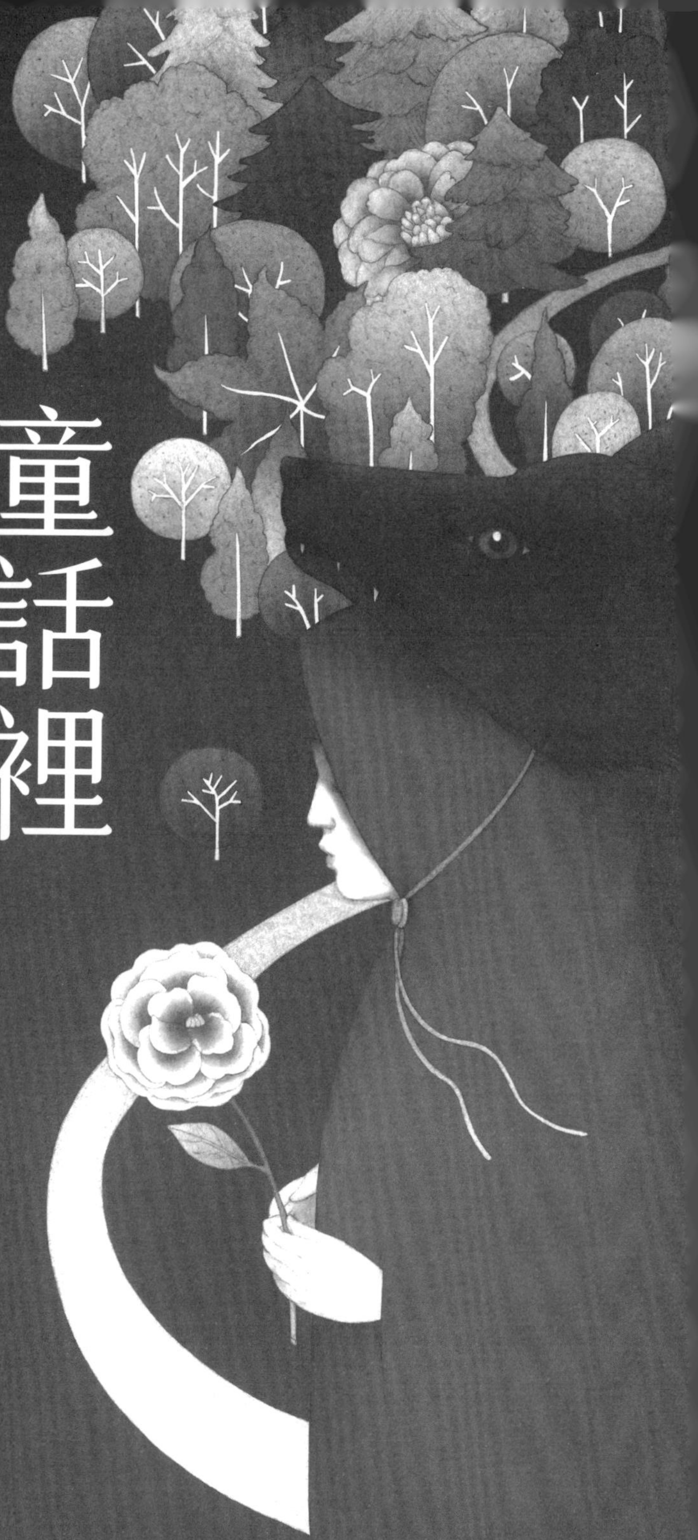

楓樹林

目錄

第三章：壞人童話

第四章：愚人童話

前言

童話分析是深度心理學的特殊技藝，而後者指的主要是精神分析和榮格心理學。

深度心理學家們在童話和神話裡頭發現了人類共有的生命情境。無論是故事情節、出場人物、魔法物品，或者動物，都可能是某種象徵，能夠同時傳達出多個截然不同的面向。

舉例來說，火可能意味著破壞，也可能象徵著潔淨。蛇可能意味著死亡，也可能象徵著治癒。童話的語言常常是夢境的語言，當然它經過了改寫，符合了某些趣味，但只要善加推敲，還是可以發現潛藏其中的意義。

佛洛伊德可能會認為它指向了性，榮格可能會認為它指向了整合，無論是哪一種，深度心理學都認為童話有兩種以上的訊息，一個是表層的，一個是深層的。是以童話既有趣味又有內涵，既能鼓勵又帶來啟發。它的內容雅俗共賞。

童話分析當然不是只有這條路徑，如果只用深度心理學來解讀童話是遠遠不夠的，童話分析的大師艾倫・知念（Allan B. Chinen）深知這個道理。因此我在本書裡不會只採用深度心理學的視角，也會向讀者分享心理學的其他發現。

這本書共有四大主題，分別是女人、男人、壞人與愚人，每個主題都收錄了兩篇童話，以充分討論這些主題的意涵。最一開始是提供給參加「愛智者書窩」線上講座的聽眾朋友作為講義之用，畢竟抄寫筆記容易掛一漏萬，未免辛苦。

在每章的最後一節，我都會針對相反類型的讀者寫點不一樣的提醒，希望老童話可以繼續長出新精神，被每個世代的人所接受。本書的內容專為喜歡心理學的朋友而寫，如果你剛好也喜歡童話，那就更合適了。

自學習深度心理學以來，我對人生中的種種經驗逐漸獲得了統一的觀點，但這不代表我已停止向生命發出提問，提問而後將它系統化，這個過程貫穿了我們的一生。如果你對發生在自己身上的一切美好與苦難有任何懷疑，深度心理學雖不是唯一，但我相信，它很可能是你遇過的最好的詮釋系統之一。

儘管書裡的內容貌似專業，但多數都是我個人的體會，絕不能代表任何人或學派。還請用你的個人經驗跟書中內容兩相對照，看看這些經驗是否相近。我相信願意做比較的你，一定會得到很多收穫。

除了西方的童話與神話之外，我這幾年也很努力地蒐羅臺灣的傳說，它們之中也有好些頗具備童話的特色，也就是說，它們並非一時一地之作，而是遍布於不同鄉鎮的共同故事，這讓其成為了我們心靈的寶物。希望有一天，這些故事能夠引起更多人們的重視。

謝謝編輯陳依萱小姐為這本書付出的努力，更謝謝粉專及講座中的讀者們一直以來的支持，這本書是要獻給你們的。因為有你們的鼓勵和努力「催稿」，我才能完成一篇又一篇的分析與創作，很謝謝你們。

大眾對榮格心理學的關注日漸加深，或許有一天，我以心理學淑世的理想將會實現。到那時，一個更成熟的公民社會將會到來，但在那之前，請先翻開這本書，有趣、深刻的故事正等著你。

第一章 女人童話

以女性為主角，描述女性成長並傳遞女性價值的童話被歸類為「女性童話」。她們是我們內在的陰性面。本書分析的是《小紅帽》與《睡美人》。前者的功課是打入女性社群，並留心與內在男性的互動。後者則是一個初遇男性示愛的少女，她同時面對著黑暗母親的議題。這兩則童話都有鮮為人知的續集，這些被遺忘的故事裡頭所說的東西比我們以為的還要多。

我們會在這一章介紹集體潛意識與原型、阿尼姆斯、陰影、退行、成年禮、與個體化等概念。

小紅帽 1

從前，有一個逗人喜愛的小姑娘，不論誰見到她都喜歡她，但是最喜愛她的還是她奶奶，老奶奶簡直不知道該給孩子什麼禮物。

有一次，奶奶送給她一頂紅天鵝絨的小帽子，她戴上這頂帽子真是太合適了。她非常喜歡，所以整天戴著。因此，人們都叫她小紅帽。

有一天，小姑娘的母親對她說：「過來，小紅帽，這裡有一塊蛋糕和一瓶葡萄酒，你拿去送給奶奶；她生病了，身體很虛弱，這些東西能讓她恢復健康。趁著天氣涼快，你早點兒上路吧！在外面要注意走好，不要離開大路。不然你摔倒了，打破瓶子，奶奶就什麼也吃不到了。到了那裡別忘了說早安，不要一進去就東張西望的。」

「我會把事情辦好的。」小紅帽握著母親的手說。

奶奶住在森林裡，離村子有半個小時的路。小紅帽走進森林，遇見一隻野狼。她不知道狼是很壞的動物，所以不知道害怕。

「你好，小紅帽！」野狼說。

「你好，野狼！」小紅帽說

「這麼早要去哪裡呀，小紅帽？」

「到我奶奶家裡去。」

「你圍裙裡裝的是什麼？」

「蛋糕和葡萄酒，蛋糕是我們昨天做的。奶奶生病了，身體很虛弱，這些東西可以給她補補身子。」

「小紅帽，你的奶奶住在哪兒啊？」

1 格林兄弟（Brüder Grimm）著，徐珞、余曉麗、劉冬瑜等譯：《格林童話故事全集》，台北：遠流，2010。部分用語略微修正。文中「老淫棍」一詞根據布魯諾・貝特罕（Bruno Bettelheim）所分析的版本修正，以接近德文原意，可參見《童話的魅力》，台北：漫遊者，2020。

「還有一刻鐘的路程，奶奶家就在三棵橡樹下，房子旁邊都是胡桃灌木叢，你一看見就知道了。」小紅帽說。

野狼心理暗暗盤算：「這個嫩嫩的小可愛是個不錯的獵物，她一定比那個老傢伙好吃，我得想個方法，把兩個都吃掉。」

野狼和小紅帽一起走了一會兒，開口說：「小紅帽，周圍那麼多美麗的鮮花，你為什麼不四處瞧瞧呢？小鳥的歌聲多悅耳啊！我想你一定沒聽到吧？你只顧埋頭趕路，就像上學一樣，其實外面的森林多有趣啊！」

小紅帽抬頭看到一束束陽光射入林間，變幻閃爍，遍地開滿了美麗的鮮花。她想：「要是我帶一束鮮花給奶奶，她一定會很高興。現在時候還早，採些野花來得及。」

於是，小紅帽離開大路，到森林裡採鮮花去了。她每採一朵，就想著再遠一點兒還有更美麗的，就這樣，她在森林裡越走越深。

可是，野狼卻直奔奶奶家去了，牠敲敲門。

「外面是誰啊？」

「我是小紅帽，給您帶蛋糕和葡萄酒來了，開門呀！」

「按一下門把手就行了，」奶奶大聲回答：「我太虛弱了，不能起身。」

狼按了一下門把手，門開了。牠走進去，一聲不響地衝到奶奶床前，一口把她吞了下去。然後，牠換上奶奶的衣服，戴上她的花邊軟帽躺到床上，把簾子拉了下來。

小紅帽到處忙著採花，她手裡的野花已經多到拿不下了。這時，她才想起奶奶來，又上路朝奶奶家走去。

她來到奶奶家門前，見大門敞開，覺得事有蹊蹺。走進去後她發現屋子有些異常，心裡頭想：「唉呀！我的上帝啊！今天我心裡怎麼這麼慌，平時我多喜歡待在奶奶家呀！」她大聲說：「早安！」但是沒有人回答。

她走到奶奶床前，拉開簾子，奶奶躺在那兒，帽子把臉全遮住了，看上去的樣子十分奇怪。

「唉唷，奶奶！你的耳朵怎麼這麼大呀？」
「那是為了更清楚地聽到你的聲音啊！」
「唉唷，奶奶！你的眼睛怎麼這麼大呀？」
「那是為了更清楚地看到你的樣子啊！」
「唉唷，奶奶！你的手怎麼這麼大呀？」
「那是為了方便抓住你啊！」
「可是，奶奶！你的嘴巴大得嚇人呀？」
「那是為了方便吃掉你啊！」

話音剛落，野狼一下就從床上躍起，把小紅帽給吞了下去。

牠吃飽後，躺在床上睡覺，鼾聲大作。這時，獵人正好從房前經過，心想：「老奶奶的鼾聲怎麼這麼大？我得進去看看，是不是她哪裡不舒服？」

獵人進屋後，來到床前，只看見野狼躺在床上。

「我總算找到你啦！你這個老淫棍！」他說：「我已經找你好久啦！」

獵人正要端槍，但想到奶奶可能被牠吃了，就把槍給放下。他拿了一把剪刀將狼的肚皮剪開，才剛剪了幾下，就看到了耀眼的小紅帽，再剪幾下，小姑娘從裡面跳了出來，叫著：「啊！嚇死我了，野狼的肚子裡可真黑啊！」

接著，奶奶也從肚子裡走了出來，她快喘不過氣了。

小紅帽趕緊撿來石頭，填進野狼的肚子裡。狼醒了，想要逃走，但肚子裡的石頭太重了，摔到地上，死掉了。

三個人很高興，獵人扒下狼皮帶回家，奶奶吃了小紅帽帶來的蛋糕和葡萄酒，恢復了健康，而小紅帽心想：「以後如果媽媽不允許的話，我再也不能離開大路，到森林裡去了。」

也有這樣的說法，一次，小紅帽又去給奶奶送蛋糕，遇見了另外一隻狼。野狼想讓她離開大路，但小紅帽這次有了戒心，只管走自己的。她告訴奶奶這件事，說那隻狼不懷好意地盯著她：「要不是我走在大路上，牠一定會吃掉我。」

「快來，」奶奶說：「我們把門閂上，別讓狼進來。」

不一會兒，野狼果真敲門：「開門啊！奶奶，我是小紅帽，我給你帶蛋糕來了。」

她們不作聲，也不開門，野狼繞了房子好幾圈，最後跳到了屋頂，想等小紅帽晚上回家時，跟在她身後將她吃掉。

但是奶奶看出了野狼的壞主意，她的房前擺著一個大石槽，於是她叫小紅帽拿來水桶：「小紅帽，我昨天煮了香腸，你把煮香腸的水倒進石槽裡。」

小紅帽將石槽的水倒得滿滿的，香腸的氣味直撲野狼的鼻子，牠邊嗅邊向下探望。終於，牠把脖子伸得太長，失去了重心，從屋頂上滑下來，掉到石槽裡淹死了。

小紅帽高高興興地回家，從此，再也沒有野狼傷害她了。

故事解析

童話的心理學特徵

為什麼童話的開頭總是從前從前？為什麼童話裡的動物總是能說人語？這一切的目的，是為了使讀者能保持與潛意識（unconscious）的距離，才能更好地將屬於自己內心的衝動投射出去，認識它，並慢慢加以消化。

從前從前就是自由來去異世界的孔道，我們內心的居民因此活躍，讀者也得以安全地窺看自己潛意識的祕密。

跟許多童話一樣，小紅帽的版本很多，《格林童話》甚至不是最早記錄在案的。最早的文字版本，是法國作家夏爾．佩羅的《鵝媽媽故事集》[2]，他的版本早過《格林童話》一百多年，但兩者的結局卻大異其趣。

2 夏爾．佩羅（Charles Perrault）著，邱瑞鑾譯：《法國經典童話故事：鵝媽媽故事集，開啟兒童文學先河作品》，台北：漫遊者，2022。

在佩羅的版本中，當小紅帽問奶奶的牙齒為什麼那麼大時，野狼回答道：「這樣我才能吃掉你。」然後就撲向小紅帽，一口吃了她。故事的結局沒有獵人，也沒有復活，什麼都沒有。

換言之，它呈現的是童話原始的殘酷。但格林兄弟的改編版才讓這個故事傳遍了全世界。之所以要特別提及此點，是要讓讀者知道，重要的從來就不是故事，而是讀者接受了什麼故事。

集體潛意識與原型

對榮格心理學來說，人類的心靈有一個共享的海床，我們把它稱為「集體潛意識」（collective unconscious），那裡存放著所有人類的共同經驗，例如各種愛恨情仇、與他人的互動，以及成長的滋味等等，這樣的經驗被榮格稱為「原型」（archetype）。每種原型都有光明面與黑暗面。

原型會環繞在普世的生命經驗周遭，例如婚姻、育兒、死亡、出生、父母親，也可以在內省時被觀察到，例如我們後文會談到的阿尼瑪（anima）與阿尼姆斯

（animus）。即便我們沒有觀察到原型經驗的存在，它也會將自己展現出來，影響我們生命的發展歷程。

原型經常會以擬人化（personification）的方式出現，但它與現實人物有所不同。在進行童話分析的時候，我們所談的都是原型的人物，比如父親原型、母親原型，而不是我們真實的父母。

我們真實父母的表現可能令人失望，也不值得尊敬，但我們依舊會不由自主地想愛他們，想得到他們認可，許多人因此而受苦，這就是我們的父母原型在作用的緣故。換言之，我們是在對無意識裡的父母原型做反應，而非對現實中的父母親。

反過來說，對孩子盡心盡力的爸媽，也會成為孩子想要反抗的對象。因為孩子感知到的是原型父母的黑暗面，所以他們在對抗的是自己的內在經驗，並不是爸媽給的愛有問題。瞭解這個，就能不帶內疚地看待孩子的叛逆，同時也能退一步回來思考，我們對父母的反應是屬於哪一類。

愛也是一樣，很多時候真正吸引我們的，是愛情原型裡頭轟轟烈烈的情感，而不是眼前的人。真正讓我們迷戀的是愛本身，而不是我們的愛人。

所以學習榮格心理學的人會希望自己能時時帶著覺知來看待原型，成為生命的主人，瞭解自己怎麼了。這點至關重要。

同理，一篇故事如果能反映越多的共同經驗，也就是原型，那就越容易讓人記住，即便那些經驗不見得是意識能夠在第一時間理解的也沒關係，只要聽眾與讀者的潛意識層次能夠領會就好。

所以你會發現，雖然格林兄弟的版本最受歡迎，但故事的續集卻沒多少人記得。這樣的情況我們還會在其他的童話裡看見，例如下一篇要討論的〈睡美人〉，我們的心靈似乎傾向於記住特定的內容，並將這些內容套用在我們周遭。

故事與人生皆表現著類似的母題

各地的童話或者傳說，總是會出現相似的母題（motif），你若是仔細觀察，這些母題也同樣會出現在我們個人的成長路上，很可能就是你最近遇見的問題。因此，我們總是會無意識地跟著某種故事的情節去行動，同時也假定它會帶來童話般的結果。例如，我們認為婚姻理所當然地會帶來幸福快樂的生活，也總是認為邪不勝正，英雄可以擊敗女巫，自己可以搞定或擺脫討人厭的客戶，或者完成困難的任務。

當然，童話裡還有許多失敗的例子，以及面對失敗的方法與態度。因此童話並不僅是一種不切實際的幻想，恰好相反，它裡頭還有許多我們沒有注意到的面向，而它同樣是人類共同經驗的一部分。例如使用詭計，或者無為而治等等都是，其他的面向我們在接下來的文章裡還會繼續討論。

童話的趣味不分性別

回到〈小紅帽〉來談，故事很顯然開始於一個母系的家族，有奶奶、媽媽與被稱為小紅帽的少女，當中見不到父親的角色。因此有人認為這篇童話似乎源於母系社會，或是從女性社群中間流傳出來的。

從這個觀點來看，我們很容易認為，心存不軌的大野狼指的就是男性，而這篇童話則是用來提醒女性成員，要當心男性的誘騙。

如果這個說法為真，小男孩們理當對它不感興趣才對，但顯然不分性別的孩子們都喜歡這個故事，包括我自己的兒子在內。所以可以肯定的是，這些可愛的小聽眾們都從故事裡聽到了某些東西，而這些東西是超越性別的。

不存在的父親與戀父情結

不存在的父親還可以做出不同的解讀，從我的角度來看，小紅帽的首要特色當然是少女的成長，而父親角色則在故事裡被拆分成了「野狼」與「獵人」兩個面向。換言之，對於父親這個異性別的人物，小女孩經常有著矛盾的感受。

爸爸當然很愛自己，但爸爸也同樣愛著媽媽。這兩種愛截然不同，因為爸爸會與媽媽同床共枕。這當中有著性的暗示。佩羅版本的〈小紅帽〉就直接點出了故事的主旨，他說這是男性對年輕女性的性誘騙。「他會跟著年輕小姐，來到屋裡，來到街巷……」尾隨到這個地方做什麼？已經不言可喻。

女性對父親的認識因此並不一致，在故事中，他的成熟可靠表現在獵人的身上，而父親的性本能，那個愛著媽媽、與媽媽同床共枕的面向，則表現在野狼的身上。

如果這篇童話屬於女性，那麼原因或許不單純是因為故事裡沒有出現爸爸，而是因為在女孩的成長過程中，她一直對男性有著彼此衝突的理解。爸爸的某個部分是危險的，必須保持距離，但同時他也是值得信賴的對象。這是一種使人感到矛盾的戀父情結（Electra Complex）。

認識男性的雙重特質有助於女性的啟蒙

父女之間雖然有界線與禁忌，但男人同樣值得信任，而且是幫助自己重生的重要角色。所以小紅帽才能在獵人的幫助下，從野狼的肚子裡走出來。而這就是女孩對男性這個奇怪的生物必須有的基本認識，唯有充分意識到這一點，女性的啟蒙才會完成。

換言之，這篇童話談的不是性別對抗，而是女性認識異性以及自身對立特質的過程。前者意味著對現實世界的適應，後者意味著對個人內在的瞭解。

女人不僅是在人際世界與真實的男人互動，也在內心世界與自己內在的陽性特質互動。女人內在的陽性特質，我們又稱為阿尼姆斯，是男性靈魂的意思。我們常常以為人際世界是客觀的存在，但從深度心理學（depth psychology）的角度來說，人際世界其實是我們內心的投影。女人怎麼跟內在的心理男性互動，就會怎麼跟外界的真實男性互動。因為世界是內心的延伸。

因此，格林兄弟所寫的小紅帽故事之所以受人喜愛，正是因為它為孩童，特別是為小女孩們點出了男性的雙重特質：本能性的動物特質，以及成熟的獵人特質。換言之，它顧及了阿尼姆斯的兩個面向。

母親的任務與準備反抗的少女

當母親賦予小紅帽探望奶奶的任務時，她很明確地告訴後者三件事：第一，她所攜帶的物品會讓生病的奶奶恢復健康；第二，不可離開大路；第三，必須對奶奶說早安，也就是她務必要在早上抵達。

因此這是一場不折不扣的冒險，她得攜帶重要物資幫助重要的人，同時遵循明確的路線，並在時限前完成任務。然而小紅帽上路後沒多久，就遇見了野狼，而她並不知道野狼是很壞的動物。

換言之，她並不認識她內在的邪惡。

和狐與狗不同，野狼的棲息地離人類生活的地方很遠，好比內在的邪惡也深埋在我們的心靈之中。少女在離開媽媽後不久即遇見了野狼，正表示她內心一直有想要反抗母親的願望，她不想一直當個乖乖牌。

對健康的孩子而言，世界永遠是有趣的，而且充滿了真善美。雖然他們也被教導外面有很危險的壞人，但他們只是口裡複誦，並不真的知道什麼叫做「壞」。我的兒子就常常問我：「壞人在哪裡？」

其實，「壞」或者「邪惡」等概念跟手機、太陽、香蕉不一樣，它們並非一個具體的實物，孩子未曾親眼看過，因此無從學習。

他們不知道所謂的邪惡並不是一個實體，它可能發生在我們任何人身上，因此我們每個人都是壞人的預備隊，因為我們的心裡都蘊藏著邪惡的種子。

為女性帶來新視野的阿尼姆斯

野狼輕易地就問出了小紅帽的目的地，並且誘騙她前往森林探險。那裡有遍地盛開的鮮花，也有小鳥悅耳的鳴叫。也就是說，阿尼姆斯會誘使女性離開既定的道路，去往陌生的世界。這意味著女性會脫離母親的照看，也意味著阿尼姆斯處於母親影響力的對立面，他的功能之一是帶給女性更大的視野。如果拒絕了阿尼姆斯的邀請，小紅帽就會變成一個傳統的母親。

在接受了野狼的邀請後，小紅帽發現了母親口中禁忌的森林竟然這麼美麗，裡頭的花朵怎麼也拿不完，一直越走越深，幾乎沒有盡頭。這段描述可以說具體而微地傳達了女性的早期成長模式。

女性總是嚮往成為父親，因為父親代表著職場成就、新知、世界與新視野，而母親則象徵著家庭，以及家務工作的主要承擔者。所以真實世界的小紅帽不可能如實完成母親交代的任務，因為真正吸引她離開道路的不是大野狼，而是她自己。

女性想要成長，想要擁有跟男性一樣的學歷、位置以及歷練。她們拒絕成為另一個母親，而是想要以男人之姿在世界上立足。這可能是當代女性越來越不願意進入婚姻的心理原因之一，因為母親的傳統角色實在讓人卻步。

少女貪戀森林裡摘不完的野花，這個意象在神話〈狄米特尋女〉中也出現過。少女神波瑟芬妮（Persephone）正在與女伴採花嬉戲，卻被突然出現的冥王黑帝斯擄走，她塞滿胸前的花因此散落了一地。有可怕的陰謀藏在美麗的事物後面，這是人類心靈頗具智慧的一種表達。

特別對女性來說，青春正盛的年紀更要小心那些來自外面的誘惑乃至暴力。因此阿尼姆斯帶有兩面性，那些吸引我們離開舒適圈的新鮮事物，很可能暗藏危機。

祖孫原型與奶奶生命的更新

在不同國家所流傳的版本中，小紅帽攜帶的禮物都不相同。但那不是重點，重點是這些禮物的功用：它們能讓奶奶的病好轉。換言之，它們有治療的作用。

所以小紅帽的母親象徵著「母親原型」，一個為人帶來生命與療癒的大母神（Great Mother），她是所有人類的生命之母，在不同文化裡都是一個偉大的女神形象。在西方，她是埃及女神伊西斯（Isis）與聖母瑪利亞，在東方，她是觀世音菩薩、媽祖與印度的雪山神女。

她是所有孩子的母親，是統治者，是我們在痛苦折磨時呼求庇佑的對象。這樣的大母神跟阿尼姆斯，以及所有的原型一樣，都具有兩面性，因此她既帶來生命，也會帶來死亡。在西方，那是北歐的冥府女神赫爾（Hel）與希臘的冥后波瑟芬妮，在東方，她是日本的黃泉女神伊邪那美、中國的西王母，與印度的死亡女神迦梨（Kali）。換言之，一個黑暗的母親。

在童話裡，她同時是仙女也是女巫，我們在下一章的〈睡美人〉中就會同時看見她的兩張臉孔。

當小紅帽的母親將具有治療作用的禮物交給小紅帽時，女性的傳承任務就出現了。她必須去挽救奶奶的生命，這是祖孫原型的交會，充滿著對立卻和諧的統一。

老人與小孩分別位於生命的起點與終點，關於永生，榮格的回答很清楚，只有作為意象的永生。[3]個體的生命不可能永遠延續，但潛意識的意象卻是永存的，我們每個人都能經驗它，或者取用它。雖然肉體終將消逝，但我們的人格卻因此能獲得更新。

所以從母親的角度而言這是傳承，從奶奶的角度來說則是再生，人格若想再生，她就必須讓自己重新成為孩子。《聖經》說：「你們若不回轉，變成小孩子的樣式，斷不得進天國。」這是為何奶奶得被野狼吞食，野狼就是她的死亡焦慮，她的陰影。

人只有將老舊的自己獻給黑暗，才可能以小孩的樣態重生。在偉特版本的塔羅牌中，緊接在「月亮」後面的是「太陽」。月亮代表著漫漫長夜，以及恐懼與擔憂，描述的正是我們走向死亡之路的心情。而太陽牌上的孩子，則是走過長夜的太陽神拉（Ra），年邁體衰的祂在黎明升起後再度成為一個孩子，象徵著希望。

圖1：偉特塔羅19號牌「太陽」

小紅帽的遲到自有意義

因此野狼的肚子就是孕育新生的子宮，從這點而言，誰說野狼指的一定是男性呢？牠很可能是一頭母狼，象徵著大母神的另外一面，也就是死亡的面向，一個

3 榮格（Carl Jung）著，鐘穎譯：《榮格心理學導論：1925年分析心理學講座筆記》，頁232，新北：楓書坊，2023。

黑暗的母親。而正這是人要獲得拯救的代價，奶奶不可能平白無故就得到來自大母神的療癒或者轉變為一個小孩，她必須放棄老舊的自我，並經受一定程度的苦難。對她來說，小紅帽的延誤是完全有意義的。那是我們成長所必需。

也只有發現這一點，你才會注意到在小紅帽故事的續篇中，奶奶也獲得了成長。是她發現了第二隻野狼的詭計，也是她告訴小紅帽，將煮過香腸的水倒入石槽中，引誘野狼掉進去。換言之，是奶奶先前的努力才使她成為了一位智慧老人（wise old man／wise old woman），而不再只是一個躺在床上，等待他人援救的病人。

分析完奶奶的角色，我們再回頭來談小紅帽，現在小紅帽似乎發現自己闖了禍，她延誤了母親交代的時間，這是她首次意識到阿尼姆斯與母親兩種力量的衝突，或者說，自主與依賴的衝突。這名少女想要長大，不再仰賴父母，決定獨自面對世界。

與內在慾望搏鬥

從此時起，她就不再是爸媽心中那個乖巧的孩子。或者說，這種開始想要叛逆的心情預告著青春期的到來，所以我們才可以說，野狼源於小紅帽內心想要違逆父母的衝動，這才使她受到了吸引。換言之，野狼並不是某個邪惡的男人，而是青春期的獨立慾望。這是少女與內在慾望搏鬥的故事。

離開森林後的她來到奶奶家，接連多次對眼前假扮成奶奶的野狼提出了懷疑，但均被說服。明明野狼的耳朵、眼睛、手與嘴巴都跟原本的奶奶不一樣，但她卻無法相信自己的眼睛。換言之，此時的女性尚無法自我肯定，她依舊是個仰賴媽媽而行動的小女孩。

在童話《牧鵝少女》中，王后在替女兒送嫁前送給她一條有魔力的手帕，以及一匹會說話的馬作為護佑。但公主實在太嬌弱了，她在河邊取水時弄丟了手帕，因此讓邪惡的女僕取而代之，公主被迫與女僕互換身分。女僕也趁機殺了馬兒以免牠說出真相。

鵝在這篇童話裡象徵著公主的阿尼姆斯[4]，透過養鵝的過程，公主才慢慢獲得力量，能夠維護自己的界線，不再輕易受到他人的脅迫。同樣的劇情也可以在唐

4 呂旭亞著：《公主走進黑森林：榮格取向的童話分析》，頁76，台北：心靈工坊，2017。

代傳奇〈柳毅傳〉中讀到。洞庭湖龍王的女兒被丈夫冷落，只得在路邊牧羊，等待著援救她的書生到來。她所牧的羊不是普通的羊，而是被稱為「雨工」的雷電之神。這同樣是暗示著，女性仰賴與內心陽性能量的持續互動而成長，並逐漸變得堅毅。[5]

不夠堅毅的女性，在跨越青春期的過程容易受到欺騙，從而遇到不幸。從另一個角度來說，也可以說小紅帽被自己的慾望所吞食了。因為她不認識自己的慾望，不曉得它的野性足以吞噬自我，而這也是佩羅版本〈小紅帽〉的結局。但格林兄弟的結尾處出現了獵人，也就是我們先前談到的，父親或者男性形象的第二個層面，這是一個較成熟的面向。

獵人：向大人借來的成熟自我

如果讀者夠細心，會發現童話裡暗示著獵人「或許」就是小紅帽的父親，因為他僅憑聽到奶奶的鼾聲，就知道這不是當事人，同時他也能毫無顧忌地進入奶奶的家中，這些細節無疑說明了獵人的身分與奶奶相當親近。

他不僅是爸爸，也象徵著孩子內在的成熟自我。而在孩子完全長大之前，他們成熟的那一面常常是孩子向大人借來的。

仔細觀察他們的遊戲與人際互動，你會發現孩子總是對自己、他人或他們的玩具複述大人的提醒，「離開房間要關電燈」、「現在要認真漱口五次」、「你現在要排在人家後面」。他們的口吻與態度完美還原父母親平時的模樣，令人莞爾。這表示孩子的心靈正藉由模仿，將人際規則或大人的提醒內化成自我的一部分。

使孩子接納自己的暴力衝動

獵人發現野狼後所說的話則直接點出了野狼所代表的性本能，他稱牠為「老淫棍」，也就是說，獵人與野狼分別代表了男性或阿尼姆斯的兩種不同面向。但同時也暗示著，獵人一定很清楚自己的內在也有同樣的性慾望，所以他才能輕易地認出野狼。

5 鐘穎著：《傳說裡的心理學②：異婚與冥戀》，頁43，新北：楓樹林，2022。

那些我們內心不存在的東西，不會困擾我們。而獵人值得學習之處，就在於他不僅認識野狼所代表的原始性本能，而作為一個成熟的男性，他也懂得如何節制力量並根據情境轉換行動。他放下槍，改拿起剪刀剪開肚子，以免子彈誤傷奶奶。

許多父母親看到這一段後很擔心孩子會效法童話情節，拿剪刀傷害別人。我想這是過度擔憂了。孩子很清楚，童話想表達的是，暴力有時候也在允許之列，如果它的目的是善的，而且具有急迫性。童話也告訴讀者，野狼並未因為這個暴力之舉死去，相反地，牠睡得很好。換言之，孩子大可以安心地與自己內在的暴力衝動相處，而不需要感到焦慮。

在孩子成長的過程中，暴力的衝動常常受到父母制止，這使他們不得不學習去壓抑這樣的感受。因為它們是壞的，是不好的。但孩子的自我太過弱小，無法跟這樣的情緒保持界線，因而此舉會讓他們懷疑自己是不是一個壞小孩？「如果我總是有這樣的壞感受，那就表示我很壞。」他們常常這麼想。

因此怎麼讓孩子控制脾氣，同時又讓他們知道會出現傷人的念頭或生氣的感覺是正常且合理的，這就成為了父母的一項功課。很快地，孩子會因為你的包容而學會接納自己的矛盾。這篇童話想作的也是這一點。

克服性衝動與戀父情結

剪開野狼的肚皮後，小紅帽和奶奶相繼走了出來。童話特別強調，小紅帽此時變得「耀眼」，這意味著她重生了。

小紅帽現在不僅認識了野狼的詭計，同時也想出了對付野狼的方法。她將石頭放進野狼的肚子，縫了起來。這項舉動本身暗示著不孕，因為石頭沒有生命。野狼雖然吃了兩個女人，卻並沒有獲得女人的能力。換言之，這是男性對女性生育能力的一次拙劣模仿。

當小紅帽被野狼所象徵的生理慾望給吞噬時，象徵著此時的她是一個被戀父情結所主宰的少女，但獵人所代表的成熟男性面向卻拯救了她，這表示她已經認識到阿尼姆斯的另外一面。她終於克服了自己的戀父情結，不再將父親視為自己的伴侶。

小紅帽因此能以更統合的角度看待男性，與他們開展合作，並順利地進入戀愛與婚姻。無論野狼意味著阿尼姆斯還是性本能，現在她都不再需要害怕她內在的陌生事物了。

同時，雖然繞了個彎，但小紅帽還是順利完成了母親交付的任務。這表示她既克服了戀父情結，甚至也成為了母親認可的女人，救了生病的奶奶。野狼的出現因此是小紅帽成長路上的必要之惡。

而從男性的角度來說，摔在地上死去的野狼，牠的皮成為了獵人的戰利品，這代表著男性在克服盲目的性衝動後得到了獎勵。當男人能好好面對自己的性慾望時，從野狼的肚子裡跳出來的就是美好而耀眼的小紅帽，以及重生的奶奶。獵人的剪刀因此象徵著我們的意識，一旦帶著意識去面對我們內心的大野狼（性慾望），人就會從中找到有價值的東西。

成功進入女性社群的少女

小紅帽在結尾處說「以後如果媽媽不允許的話，我再也不能離開大路，到森林裡去了。」這句話表明她接受了女性社群的價值觀，認同了母親的教養，同時也因為與慾望的交逢而獲得了成長。能夠駕馭自身慾望的她將因此在女性社群裡獲得尊重，同時也能以成熟女人的姿態去贏取更多女人的友誼。

雖然這麼說，並不意味著女性非得認同母親的教養方式不可，而是指她能帶著「內省」說出這番話。無論是接受或反對父母的安排，人都要清楚自己的理由，知曉自己行為背後的動機意味著什麼。唯有如此，不論女性是決定走進家庭還是走入職場，都有資格被稱為一位英雄。

小紅帽之所以被視為一篇女性的成長童話，確實是很有道理。續篇裡的故事同樣說明了成長之後的小紅帽與奶奶，如何面對野狼的再次糾纏。這次的故事裡沒有獵人，這表示孩子已經內化了自己向大人借來的成熟自我，不再需要他人的幫助。

它的結局告訴我們，從此再也沒有野狼靠近小紅帽，這意味著她具備了對抗動物性本能的能力，同時也意味著女人內化了野狼的獸性或狡詐。這點從奶奶用煮香腸的水引誘野狼淹死也可以看見。成長就是從單純變得複雜，女性的神祕魅力往往也隱身其中。

給男性讀者的提醒：

即使小紅帽可以被視為一篇女性童話，但它對小男孩來說依舊充滿吸引力。對男性來說，這篇童話說的是，一旦受到慾望誘惑，他們就會成為動物性本能的奴隸。事實上，不會有任何讀者將自己認同為故事裡的野狼，但男性讀者在潛意識裡卻感覺得到，自己可能像野狼那樣具有某種傷害人的能力，但獵人的出現卻制止了它。

因此小男孩更願意效法成熟的獵人，成為能夠除暴安良的對象。但獵人真正的成熟之處並不在於他懂得如何打擊邪惡，而在於他能正確地「認出」自己的野獸本能，也就是自己的性衝動。獵人之所以知道如何與野狼交手，顯然是因為他曾經是一匹野狼，他曾走過這一遭。這就安慰了每個小男孩，我們不會永遠只是性衝動的受害者。

此外，紅色象徵著鮮血，這表明了小紅帽帶有殺戮的性質。在希臘神話《奧瑞斯泰亞》中，王后克萊婷（Clytemnestra）為凱旋而歸的國王阿嘉曼儂

（Agamemnon）準備了直通王宮的紅地毯，暗示等待著他的將是死亡。因此這名少女並不如我們想像中的天真，她可以被野狼吞食，但卻不會死。獵人剪開野狼的肚子時，她竟毫髮無損地走了出來，更在往後成為誘殺野狼的女獵手。

相較於男性，女性其實更懂得異性的心理，她們看似不動聲色，卻一切瞭然於心。她們懂得與身邊的男性合作，但男性卻容易獨來獨往，一意孤行。故事中的獵人象徵著小紅帽的異性資源，而新聞中的仙人跳事件就是當代小紅帽故事的翻版，這類事件重演了這篇童話的內在動力。

女性也可能無意識地將自己類比於小紅帽，從而把內在的野狼特質投射在他人身上，或者有意無意地利用自己的女性身分，藉此騙取外界的信任，扮演受害者的角色。其目的是引起同情，獲取人際或其他的利益。男人因此要面臨內在少女意象的引誘，有時我們把她稱為阿尼瑪（anima），此外，也要提防動物性本能像附身那樣突然地抓住男人，使男人失去理智。

對男性來說，這則童話同樣令人恐懼。但故事的結尾卻向我們保證，每個小男孩都能順利長大，與女性成為伙伴，並擺脫本能的控制。

睡美人1

從前從前，有個國王和王后，他們天天說：「啊！我們要是有個孩子多好啊！」可是他們的願望一直都沒有實現。後來有一天，王后坐在浴池裡，一隻青蛙從水裡爬了出來，對她說：

「你的願望會實現的，一年之內，你將生下一個女兒。」

青蛙的話果真應驗了。王后生了個女孩，孩子長得美麗可愛。國王高興極了，為了慶祝女兒出生，國王舉辦了一個盛大的宴會。他不僅邀請了眾多的親朋好友與熟人，還邀請了仙女們，為的是讓她們喜歡這孩子，往後對她多加照應。在這個王國裡，有十三個仙女，但國王只有十二個金盤子，所以她們其中一個人得留在家裡。

宴會的場面富麗堂皇。宴會進入尾聲時，每個仙女贈給孩子一個美好的祝福，一個贈送美德，另一個贈送美貌，第三個贈送財富，依序送給孩子的都是人們在這個世上希望獲得的東西。當第十一個仙女說完她的祝福時，第十三個仙女突然闖了進來。她因為沒受到邀請，特地前來報復。她不跟人打招呼，也不看眾人一眼，放開嗓門喊道：

「公主到十五歲時，會被紡錘刺到，倒地而死。」說完，她轉身就離開了大廳。

在場的人全都驚呆了，這時，第十二個仙女走上前，只有她還沒為孩子祝福，因為她無法消除那個惡毒的詛咒，只能緩解它，便說：「公主不會倒地而死，而是沉睡一百年。」

國王為了保護可愛的小公主免遭不幸，下令把全國的紡錘都燒掉。

公主一天天長大，仙女賜予的祝福都在她身上得到了應驗。她美麗又文雅、和善且懂事，十分惹人憐愛。

1 格林兄弟（Brüder Grimm）著，徐珞、余曉麗、劉冬瑜等譯：《格林童話故事全集》，台北：遠流，2010。部分用語略微修正。

就在她剛好十五歲那年，有一天，國王和王后出去了，只留公主一人在王宮。她進進出出，跑上跑下，興致勃勃地觀看王宮裡的每個房間，最後來到了一個古老的鐘樓，她沿著狹窄的樓梯盤旋而上，走到一扇小門前。門上的鎖裡插著一把鐵鏽斑斑的鑰匙，她擰了一下鑰匙，門開了，小屋裡坐著一個老嫗，正拿著紡錘低頭紡麻線。

「你好，老婆婆，」公主說：「你在這裡做什麼？」

「我在紡麻線。」老婆婆說著，點點頭。

「這個來回穿梭轉來轉去的有趣東西是什麼呀？」公主邊說邊拿起紡錘，也想試試。但她的手剛碰到紡錘，那個詛咒就應驗了，紡錘刺傷了她的手指。

就在公主感到被刺的那一刻，她倒在了旁邊的床上，沉睡過去。這個沉睡迅速蔓延整個王宮：國王和王后剛一回來，才踏進大廳就睡著了，王宮裡所有人都跟著他們一起睡了。接著，馬廄裡的馬，中庭裡的狗，屋頂上的鴿子，以及停在牆壁上的蒼蠅，也一個個睡著了。是的，甚至連爐灶裡熊熊燃燒著的火焰也靜靜地睡著了，爐上的烤肉也不再嗞嗞作響。

廚師正想教訓他手底下的年輕助手，手才舉起來要揪住他的頭髮，他就睡著了。風靜止了，城堡前的樹林也陷入一片沉寂，沒有一片葉子在擺動。

取而代之的，是玫瑰開始在城堡四周攀牆生長，不到一年時間，城堡便被蔓生的玫瑰團團包圍，層層覆蓋，完全隱身其中。最後，一切都被掩蓋起來，連屋頂上的旗子也被遮住了。這個國家一直流傳著睡美人的傳說，人們都把公主稱為睡美人。

後來，時常有王子想要穿越玫瑰花叢進入王宮，但都徒勞無功。因為玫瑰彷彿有手一般，緊緊地纏繞，以致王子們都被困在其中無法脫逃，就此悲慘死去。

最後，又有一個王子來到了這個國家，他從一位老人口中聽到了玫瑰花叢的故事，知道在這片茂密的花叢後面有一座王宮，宮裡有一個美麗非凡的公主，名叫睡美人，已經沉睡了一百年之久。國王、王后及王宮裡的所有人都跟她一起睡著。老人還從他的祖父那裡知道，曾經來過許多王子，試圖穿過這片叢林進入王宮，但都被枝條纏住，可憐地死去。

但是這名年輕的王子卻說：「我不怕，我要穿過玫瑰花叢，親眼看看睡美人。」善良的老人勸不住他。

這一天，睡美人正好沉睡了整整一百年，美麗的公主應該甦醒了。當王子走進玫瑰花叢時，叢中開出了大朵大朵的鮮花，原本纏繞在一起的枝條自動分開，給王子讓路。待王子毫髮無傷地走過去後，它們又恢復成原本的花牆。

王子走到城堡中庭一看，只見馬兒和獵犬正倒地熟睡，鴿子停在屋頂上，將小小的腦袋藏在翅膀下。接著，王子走進城堡裡，看見蒼蠅在牆上睡著了，廚房裡，想抓住助手的廚師高舉著手睡著了，而正在給黑母雞拔毛的女僕也睡著了。

他繼續往裡走，見到大廳裡的所有人都在沉睡，連坐在寶座上的國王與王后也陷入熟睡。王子又繼續往城堡深處走去，四周一片沉寂，安靜到連自己的呼吸聲都聽得一清二楚。

最後他登上了鐘樓，來到睡美人沉睡的小房間，伸手打開了門。在房裡的睡美人實在是美得令人難以眨眼，王子不禁跪下來，親吻了她。王子一吻上睡美人，公主隨即睜開雙眼，甦醒過來。她直望著王子，如同看到熟人一般。

隨後兩人一起走下鐘樓。突然間，國王醒了過來，接著是王后和他們的隨從，他們都睜大了眼睛看著對方。中庭裡，馬兒站了起來，抖了抖身子，獵犬們也一躍而起，搖著尾巴。屋頂上，鴿子從翅膀下探出頭來，看了看四周，往原野的方向飛去。停在牆上的蒼蠅再度開始爬行，廚房的爐火也啪地燃起，爐上的烤肉也嗞嗞作響。廚師給了年輕助手一個耳光，年輕助手不由得叫了起來，而女僕則接著把雞毛給拔乾淨。

不久，王子與睡美人舉行了盛大的婚禮。從此之後，兩個人便一直過著幸福快樂的日子。

自我確認的漫長過程

接在〈小紅帽〉之後探討〈睡美人〉，我們就能對孩子邁入青春期，以及對人格的轉化階段有更深的理解。

童話喜歡放大我們成長的瞬間，而這是處在當下的我們無法察覺的。「此情可待成追憶，只是當時已枉然。」我認為這句詩很貼切地指出了這篇童話想表達的經驗。

小紅帽雖然為我們指出野狼是女性心理的一部分，受到牠的誘惑，小女孩才開始學會質疑自己是否一定得當個乖乖牌。換言之，學會自我確認。但自我確認這個過程遠比我們想像中的久，而且總是來回往復。跟身體不一樣，孩子似乎可以在一夜間長高，卻無法在一夜間成熟。〈睡美人〉的百年沉睡就指出了這一點。

中年危機與沒有後代的國王

故事的開始，是一對為不能生育而苦的夫妻，童話特別喜歡以國王跟王后這樣尊貴的身分來做出反差，似乎人生就是有苦難，就是有金錢無法滿足的願望。不育本身更象徵著人格的困境，國王是內在的統治者，主導著我們整個人格，但他卻沒有可以繼承的子嗣，也就是說，我們的生活正面臨某種需要改頭換面的時刻或現實上的困境。我們需要讓自己適應一個新的身分，或用榮格心理學的話來說，一張新的人格面具（persona）。

榮格用人格面具來說明我們的社會角色，與它相對的則是陰影（shadow）。人格面具是我們在社會化的過程中慢慢長出來的，很多時候，長大指的是適應，而適應指的就是擁有一張合適的人格面具，能讓我們妥善面對外在現實的要求。

但到了中年之後，人格面具也會變成我們的負擔，因為面具越戴越牢，越來越僵化，與它相對的陰影也就越來越濃重，越來越難以面對。人會因此覺得喘不過氣，找不到工作或生命的意義。心理學家將這樣的痛苦稱為「中年危機」。

國王與王后的不育，指的往往就是這樣的階段。由於新的自我遲遲未能長出來，所以他們才屢屢許願，希望自己能有個孩子。孩子象徵著新的自我。直到有一天，青蛙從浴池中爬了出來，告訴她：「你的願望會實現的，一年之內，你將生下一個女兒。」

青蛙：跨界者與未成形的事物

青蛙亦水亦陸，是一種「完全變態」的生物，也就是說，牠的形體與機能會經過徹底的轉變，青蛙的肺部與四肢是慢慢長出來的，這才使牠能夠脫離水面，爬上陸地。

這樣的特徵讓青蛙被投射了跨界者的意象，在童話裡總是扮演著出人意表的角色。就像我們的夢境，總是為我們從潛意識帶來重要的訊息一樣，青蛙也是這樣的中介。在中國，狐狸是這類投射的承載者，在日本則是狸貓。童話裡的水獺或癩蝦蟆也都有類似的意涵。

青蛙從水裡浮現，意味著從潛意識中帶來了某種轉變的訊息。有時不需要夢境，我們也能預感或預知到人際關係、事業，乃至個人健康的變化。韓國人一直有胎夢的說法，童話則用青蛙來代表某種未成形事物將從心靈中出現。

心靈的多餘元素與邪惡

待公主出生後，國王打算宴請王國內的十三位仙女來當貴賓，但他只有十二個金盤子。在佩羅的版本中，則是八位仙女。不論數字多寡，總有一個遺漏的對象。而正是這個被遺漏的仙女，帶來了詛咒。

童話首先要說的，是關於受辱的經驗。一般認為，得罪君子只表示自己德行有虧，得罪小人則會為自己惹來麻煩。說話務必捧著他人的自尊，否則就可能帶來詛咒，因為人們總是會將自身的恥辱還回去。

第十三位，或者第八位仙女，也意味著多餘的人或者心靈中被我們視為多餘的元素，而多餘的人總是邪惡的。這說明了即使我們認為邪惡很多餘，但它依舊是整個王國的一分子，是我們心靈的一分子。人若想排除它的存在，就會招致報復。因為心靈的首要法則是平衡，但榮格強調的，是動態的平衡。如果我們對某一種心靈元素或情感需求壓抑得太多，那麼失衡的部分就會出現反作用力，大大地將自己彈回來，因為心理能量總是尋求流動。

她詛咒公主倒地而死，但由於第十二位仙女尚未給出祝福，所以將詛咒修正為沉睡一百年。換言之，邪惡的要求必須得到滿足，不能被簡單取消。和許多學派不同，榮格心理學承認「惡」有自己的位置，那不僅是後天的教養導致，也不全然是需求未被滿足的結果，它就位在我們的心靈中，我們不需要崇拜它，但也不需要否認它。它不是生命中的常態，但絕非不存在。

成年禮：和過去的自己說再見

仙女所詛咒的年紀很明顯指向了青春期，因為十五歲是一個少女青春正盛的年紀。對孩子來說，進入青春期非常重要，他們會在這個過程裡認識到，自己的童年將要結束，他也準備跨越到成人的世界。

古人用成年禮來協助青少年做這樣的跨越，這類儀式有時是殘忍的，雖然不會讓人真的死去，卻會讓參與者經歷到死亡的恐懼。不這麼做，我們就很難在心理上和過去的自己說再見，並以一個全新的姿態踏入下一個階段，並決心不再復返。

榮格分析師河合隼雄曾說，那些新聞上的主角，都在用個人的方式追尋自己的成年禮。原因無他，正是因為當代社會取消了成年禮的緣故。

但成年禮畢竟只是我們人生中多個轉化階段之一，事實上我們每個成長階段都會經歷這樣的轉化。在這個過程中，我們沉澱，並與舊的自我說再見，然後從舊自我的廢墟中，重建新的自我。因此，睡美人的百年沉睡絕非只有青少女可讀，任何面臨轉化階段的讀者，都可以從中發現自己所需的提醒。

紡錘與帶來死亡的母親面向

精神分析師布魯諾．貝特罕在這篇童話裡看見了性衝動[2]，因為紡錘會前後來回，這激起了小女孩對性的好奇心，但她卻還沒有能力處理。

而榮格分析師馮．法蘭茲則認為，紡錘是母親內在負面的阿尼姆斯，她會使女兒感到自己沒有用處，不值得活著，這樣的女性就是被紡錘刺傷的女性，她內在的生命睡著了，因為一切似乎都沒有意義，這樣的女性總是對一切都不起反應，所以睡美人才會睡去。[3]

2 布魯諾．貝特罕（Bruno Bettelheim）著，王翎譯：《童話的魅力》，頁349，台北：漫遊者，2017。

3 瑪麗－路薏絲．馮．法蘭茲（Marie-Louise von Franz）著，黃璧惠譯：《童話中的女性》，頁81－82，台北：心靈工坊，2018。

也就是說，如果母親內在有著負面、具敵意的男性，那麼女兒就會受其攻擊，並覺得自己一無是處，從而對每件事都興趣缺缺。她對外界的好奇心睡著了。

無論如何，使她被刺傷的都是一位老婦人，那第十三個仙女，而她就是帶來死亡的大母神，理應幫助人類的仙女在此刻變成了害人的女巫。人們似乎存在著兩張臉孔，會因為創傷或刺激而轉換態度。變化程度之大和電影情節相比絲毫不遜色，同性之間易由友好變仇敵，異性之間則會由愛生恨，從而出現惡意的指控。

童話點出的就是我們矛盾又分裂的內在傾向。

初遇男性示愛的矛盾少女

當公主因為好奇而將手伸向紡錘時，她被刺傷了，這象徵著月經的首次出現，也可以聯想為首次的性行為。

因此，它也可以進一步用來隱喻女性的初戀、第一次被表白或搭訕、收到情書等等跟情愛有關的經驗。[4]這觸動了女性的內在，因為她正被當成一個女人來追求，來喜愛，而這也意味著對方希望跟她有更親密的舉動。

有些女性對此抱著期待，有些女性則對此抱著厭惡，睡美人則明顯為此感到驚訝。當她對紡錘伸出手時，她確實受其吸引，但很快地她就變得手足無措，不知如何是好。男性的意圖該以什麼方式來接受呢？

她因此昏睡了過去，城堡內的一切舉動也都靜止了下來。她陷入了長長的退行（regression），在那裡靜待著消化這一份矛盾的情感。

由於缺乏足夠的耐心，或者因為早期經驗而缺乏足夠的心理彈性，公主將自己的驚訝解讀為受到侵犯，故事用沉睡來象徵被稱為凍結（freeze）的防衛反應。榮格分析師馮．法蘭茲則指出，有些女性有著隱藏的自卑感，因為吸引不到男人的愛而憤怒，因此反過來四處對人說自己受到了男人的引誘。[5] 帶刺的玫瑰花叢就象徵著這類女性既想要受到男性關注，又同時保持戒備的矛盾心情。

4 河合隼雄著，林仁惠譯：《童話心理學》，頁203，台北：遠流，2017。
5 同註3，頁83。

女性的兩項議題：男人與生育

接著，我們談談公主的百年沉睡。

在那段長長的沉睡期裡，至少有兩件事情需要女性來釐清：第一，是我們前面所談到的，關於性或者阿尼姆斯的問題。用白話文來說，男人到底是怎麼一回事？第二，是手指頭刺傷流血的隱喻，月經的初潮，這意味著女性必須深切地面對自己具有生育能力的神聖工作。總結來說，她得接受自己是生命的孕育者，也是男性性慾望的對象。

這件事或許曾經讓某些女性感到困惑。

如果只接受男人的求愛，卻不接受自己能夠生育的能力，那麼她就違背了大自然賦予她的任務；如果只接受生育，卻不願接受男人的求愛，她就否認了內心的異性極，拒絕了她的男性靈魂，也就是阿尼姆斯。所以她必須同時接受兩者。

這樣的矛盾古已有之，於今為烈。有些女性因此決定只愛不生或只婚不生，另外有些女性則反過來，決定只生不愛或只生不婚。當然這些生活方式並無所謂好壞之別，但當事人無一例外，都會面臨很多的拉扯。

女性的偉大與防衛機轉

與此同時，玫瑰花叢快速地生長起來，直到包覆了整座城堡。我們知道，玫瑰象徵著熱情及慾望，它在希臘神話中是愛神阿芙蘿黛蒂（Aphrodite）無緣長相廝守的愛人阿多尼斯（Adonis），它是長刺的美麗花朵，也就是說，它會自我保護。

心理的防衛機制現在建立起來了，在尚未釐清這些事之前，許多少女凍結了內在的心理時間。她們可能會埋首於課業與學習，乃至勤奮地投入各項工作，但關於愛慾與情感，她們卻跟青春期時一樣無知。她們聽過許多男人的笑話，也略知他們的把戲。但她們卻沒有辦法搞懂男人，因為她們尚未整合自己。

關於內在的阿尼姆斯，以及她被賦予的生育能力，她必須整合兩者，如果整合不是她的選擇，她也必須「有意識地」放棄其中一者。女人是男人欲求的對象，但也是男人恐懼的對象。這一點，我們在〈藍鬍子〉會有更進一步的說明。而女性的重要成長任務，就是認識自己的偉大與二元性，同時不要濫用這份偉大。

可惜的是，多數女性並不明白這一點。女人或者當個傳統的母親，或者當個將男性視為既得利益者的「時代女性」。女人似乎很少認識自己的陰性力量，也很少意識到自己對男性的宰制力。神話之所以頻繁地以男性英雄當主角，顯然就是為了補償男性在女性面前的自卑感。

正是這份自卑感才讓許多王子成為了想要穿越玫瑰花叢的悲劇英雄，我們亟欲想要證明的，有時恰好是我們所缺乏的。他們大膽地想要證明自己是那位英雄，結果卻在這類沉睡女性的防衛機轉下被傷得灰頭土臉。他們或許會覺得自己很冤枉，認為自己真心換絕情，他們沒有錯，他們真正做錯的，是來得太早了。

死去的王子將成為新關係的養分

他們不是睡美人的 Mr. Right，但他們就是 Mr. Mistake 嗎？不是的，他們只是來錯了時間。很多時候，決定我們會跟誰相守一生的不是決心或意志，而是時間點。兩人在對的時間點相遇，更容易走入婚姻。那些死去的王子們象徵著一段段失敗的關係，但童話裡不會有多餘的元素，因此我們知道那些王子的存在是有意義的。他們就是新關係的養分，是睡美人得以醒覺，遇見正確對象的肥料。

因此不要悔恨，要去祝福。而祝福的對象首先是你自己，若不是這些失敗，睡美人就不可能在第一百年遇見正確的王子，玫瑰花叢為他開出大朵大朵的鮮花，長滿尖刺的花莖則自動給他讓路。

馮．法蘭茲覺得這段描述很奇怪，因為正確的人就這樣出現了，這似乎毫無道理。[6]但或許是我們活在東方，所以對這種「無所為而為」的觀念習以為常。很多時候把事情做對的方式就是這樣，那就是保持耐心，一切交給時間處理。沒有人知道正確的王子什麼時候出現，不知道療癒或者成熟將在何時發生。

我們唯一知道的，是有很多男性在努力，睡美人或許也在努力，但時不我與，所以我們才會看見那麼多王子死在玫瑰花叢裡。

第十二位仙女的魔法：讓它自然發生！

一百年象徵其長，睡美人的內心狀態似乎完全靜止了。我們青春期時都曾面臨或見過類似的消沉。以至於多年後的同學會，很多人會發現當時班上的醜小鴨，現在似乎長成了天鵝。

6 同註3，頁85。

孩子因此心領神會，知道青春期的無望或空乏感終會結束，等待在我們眼前的，是一個知難而上的王子，一位喚醒我們的阿尼姆斯，一顆為心靈寒冬帶來春天的火種。

童話總是給予保證，這是它們之所以特別適合孩子以及那些遇到困難的大人閱讀的原因。我們當然知道等待是痛苦的，所以我們才會熱衷於尋求解決問題的方法，但很少人會在這裡想起第十二位仙女的魔法：沉睡一百年。

也就是說，先把事情放著，看它會怎麼自然發生吧！多數的孩子都很健康，不需要干預，就能度過自己的青春期。造成麻煩的，是大人的認知跟社會的框架，我們總是認為青春期一定會遇上麻煩。而且這個麻煩的主要定義是：孩子跟小學時不一樣，變得不再「聽話」了。

退行的正負面意義

當然，沒人知道這樣的沉睡是否一定都能帶來美好的結局，從負面一點的角度來思考，沉睡會不會是一場永不結束的退行？這點誰也不能保證。

退行指的是我們都曾有過的憂鬱、無意義或失去原有生活功能的感受。我們覺得自己原有的世界或價值觀瓦解了，但一時間卻找不到新的可以替代。

所謂的退行，與精神分析所使用的「退化」在英文中是同一個詞。但榮格心理學對退行的觀點比較正向一些，所以中文通常將其翻譯為「退行」。取其在看似退化的過程中，我們內在的發展仍在向前行走的積極意象。

我們認為，那是轉化階段所必需，當事人看起來似乎失去了原有的生活功能，從活躍的現實生活中退了出來，變得意志消沉或者做什麼事都提不起勁，但那是為了迎接新的發展或建構新的自我所必然會有的前提步驟。換言之，此時蹲得深是為了能在日後跳得高。

但退行有時確實是病態的，如果當事人的家庭支持不夠，早年的成長環境有缺憾，或者伴隨其他重大的議題未妥善解決，都容易讓退行持續下去，似乎見不到終點。此時旁人的焦急提醒都會被玫瑰花叢所象徵的防衛機制給擋回來。

睡美人是父母陰影的承接者

這時候要處理的或許不是當事人，而是他的家庭。正是國王與王后沒有邀請第十三位仙女，才造成了這整件事不是嗎？第十三位仙女象徵著國王與王后拒絕承認的陰影（shadow），它是我們不願接受的情感和慾望，那雖然是我們人格中的一部分，卻很容易被視為心靈中的多餘。

而國王接下來的作為更是強調了此點，他下令把全國的紡錘都燒掉。但陰影是不可能被你趕出家門的，它總是會在意想不到的地方出現，令人防不勝防。睡美人作為他們的子女，因此承接了父母的陰影。因為陰影很容易投射在親近的人身上，這也說明了為何她對紡錘如此好奇，無論那象徵著性，還是母親的負面阿尼姆斯，都是如此。

睡美人沉睡的原因終於清楚了，她既是父母親陰影的承接者，也是受到性或母親負面阿尼姆斯所驚嚇的青春期少女，如果我們只有看見後者，就漏看了一半的事實。

王子吻醒了睡美人後，世界也跟著甦醒。兩人舉行了盛大的婚禮。但他們從此就過著幸福快樂的日子嗎？根據古老的佩羅版本，故事並未完結，《格林童話》中缺失的故事是這樣的，請見下文。

❖

兩人成婚後，王子並未向自己的父母親坦白這樁婚姻，因為王子的母親是食人妖的後裔，當年國王之所以娶她，是看中了他母親的財富。王子和公主一起生活了兩年，生下了兩個孩子，老大是女兒，叫做晨曦；老二是兒子，叫做白晝。他們的外表就像名字那樣美。

王子久久才回家一趟，總是用各種理由搪塞，他的父親不疑有他，但母親卻覺得事有蹊蹺。兩年之後，國王去世，王子登上王位，這才公開了自己的婚姻，將睡美人與他的兩個孩子迎接回宮。

不久，新國王去和鄰國打仗，將睡美人與自己的孩子交給他的母后照顧。但他一離開之後，母后就把母子三人送往農舍。幾天後，她告訴農舍主人：「我明天晚上要吃小晨曦。」

農舍主人不敢違抗命令，但當他看見四歲的晨曦之後忍不住哭起來，他宰了一頭羔羊，將羊肉做成晚餐送給王太后，並將晨曦藏了起來。王太后吃完後表示，她從沒吃過這麼美味的東西。

八天後，王太后又對農舍主人說：「我晚餐想吃小白晝。」農舍主人決定和上次一樣欺騙她，將三歲的小男孩藏起來後，用一隻小山羊的肉當成晚餐送給王太后。王太后對美味的晚餐感到很滿意。

不久之後，王太后又想吃掉王后。農舍主人雖然絕望，但他還是想到可以用鹿肉來代替王后，並將王后也送去跟兩個孩子一起藏起來。王太后吃到鹿肉後很滿意，她打算等兒子回來後再告訴他，母子三人已經被野狼給吃掉了。

但有一天，王太后在城堡的院子裡盤桓，嗅嗅是不是有新鮮的肉，突然在一間小房間內聽見了白晝的哭聲，她認出了王后與孩子的聲音，因為自己受欺騙而大發雷霆。

她下令將農舍主人與他的妻子，及王后與兩個孩子都丟進桶子裡，裡頭裝滿了癩蝦蟆以及毒蛇。行刑者正要執行命令時，國王突然騎著馬進入了院子。國王驚問事情的經過，王太后見無法抵賴，便自己跳到桶子內，一下子就被毒蛇咬死了。

國王很難過，因為那畢竟是自己的母親。但很快地，他就從美麗的妻子與孩子身上得到了安慰。

❖

故事有它自己的生命，存續非人為可決定

我們在這裡遇見的，是典型的故事脫落。故事在流傳的過程中總會有增刪，哪些部分是多餘的，哪些又是有必要的，無法完全由作者決定，而是由我們的集體心靈決定的。也就是說，故事有它自己的生命。那些具備原型性質，或者貼近潛意識願望的內容就會被聽眾記住，否則它的結局就是遺忘。

格林兄弟版本中的〈小紅帽〉就有續集，但多數的讀者並不記得。佩羅版本中的〈灰姑娘〉也有後續，但格林兄弟並未採用。同樣的例子還包括熱蘭遮城的牛皮換地傳說，它的源頭是羅馬神話《埃涅阿斯紀》，但大家只重複了迦太基建城的歷史，卻沒人提及它的陷落。[7]

7 鐘穎著：《臺灣傳說的心靈探索：虎姑婆與在地故事集》，頁133－136，新北：楓樹林，2023。

話雖如此，不同的時代仍會回憶起不同的故事，因為每個時代的集體氛圍不一樣，那些曾經遺忘的，也可能重新展現它的重要性。永恆少年的原型經驗就是一個很好的例子。它的神話代表人物伊卡洛斯（Icarus），其重要性在整個希臘神話的人物譜系中並不出名，但在二十世紀後卻展現了極大的影響力。可見原型會消沉，也會復甦。此是題外話，不再多提。

因此，「作者已死」這句話似乎是很有道理的。對故事來說，重要的是聽眾如何理解，而不是講述者如何創作。

童話裡的婆媳問題

這個古老的結尾講述的是王子家族的故事，一個由人與妖共同組合而成的王室家庭。他的母后是食人妖，而且趁著兒子外出打仗的時候，企圖吃掉自己的媳婦與孫子們。這裡反映的是典型的婆媳問題。

王子自始就不希望自己的戀情曝光，換言之，他很清楚他的婚姻會帶來婆媳間的對抗，甚至是母子的對抗。食人妖不過是個象徵，它的意思是，王子的母親是個黑暗的大母神，必須藉由吞食子代，來證明自己的價值。這樣的母親會情緒勒索自己的子女，以子女的成就當成自己的成就。

王子之所以不敢透露自己的婚姻，正是因為他在母親面前也感到恐懼，但他又需要藉由進入婚姻或者一段感情來尋求證明：「是的，我是個男人了。但這件事還不能讓我媽媽知道。」換言之，他得藉著尋找新媽來換舊媽。

這類男人的行為總是矛盾，他們可以英勇地對外作戰，社會功能看似運作良好，但轉頭卻愚蠢地將自己的妻兒交給食人妖母親來照顧，而這無疑是羊入虎口。換句話說，他們過分信任自己危險的母親，縱使花費很大的力氣對外人證明了自己的男子氣概，但在母親面前，他們又會退化成毫無防備的孩子。

從被動到主動：陰謀詭計的重要

王子沒有真的長大。還記得嗎？他只是在對的時機出現的人，這並不表示他一定是那個準備好的人。因此王子與公主不會這麼簡單地就過著幸福快樂的生活，他們還有功課得做呢！

「晨曦」與「白晝」，孩子的名字象徵著意識的誕生，而食人妖奶奶之所以想要吃掉自己的孫子，就意味著黑暗母親並不喜歡光明，在她那裡，意識自我是需要被否定的對象。她將睡美人母子搬到農舍，三次要求農舍主人將他們煮成晚餐，但三次都受到了欺騙。

弔詭的是，作為一名食人妖，王太后卻搞不懂人肉與獸肉的差異。換言之，真正吸引她的不是人肉味，而是媳婦與孫子的存在。她不能容許兒子藉由婚姻獲得獨立，特別是這段婚姻並未在事前取得她的同意。

童話在這裡肯定了陰謀詭計的作用，百年沉睡所象徵的被動等待已經消失不見，取而代之的，是對現實的積極參與。可以這麼說，這則童話的後半部讓孩子知道，和青春期不同，現實的婚姻生活充滿了危機，哪怕是大人，他的生活同樣可能受到無法預期的因素所控制。

個體化與沒有成為自己的大人

同樣地，個體化（individuation）之所以重要，也因為個人未解的議題將會在代間傳遞。這是一個榮格心理學的術語，意思是人成為完整而獨特自我的過程。通常前半生我們會將焦點放在現實世界，後半生則將焦點逐漸轉向內在世界。人們有時會把它與自我實現（self-actualization）混淆，但前者指的是內外世界的整合，後者指的通常是在現實生活中取得職業成就。

當父母親在個體化這條路上走得越好，也就是說，他們越能清楚知道自己沒有被滿足的期待，沒有被處理好的各種議題，他們就越不會將它投射到子女身上，要求他們代替自己完成。許多孩子因此成了父母親的情緒配偶，或者人生的代理人。這個狀況有時能持續好幾個世代，當事人渾然不覺自己一直是父母親無意識操控下的木偶。他們或許成為了大人，卻沒有成為自己。

幸福婚姻有賴對上一代影響力的覺察

回到這則童話，我們似乎可以說，每個婆媳問題的背後，都有一個沒有長大的小男孩。他們是「母親的兒子」，而不是「孩子的父親」或「妻子的丈夫」。

故事說，在外作戰的國王突然回宮打斷了王太后的吃人計畫，也就是說，這個男孩終於決定在最後一刻阻止母親對他的家庭與子女施加的壓力。然後劇情急轉直下，王太后跳入桶中讓自己被毒蛇咬死。當然，現實中要出現這麼重大的翻轉並不容易。但童話告訴我們，讓我們成為大人的不是婚姻，而是對原生家庭有害面向的覺察以及隨之而來的行動。

黑暗母親的影響力因此戲劇性地消退。這再度讓我們想起台灣的虎姑婆傳說，當姐姐跑向屋外使用計謀的時候，虎姑婆就突然從狡詐變得愚蠢，以至於認為只要把油煮沸送上樹後，姐姐就會把自己燙熟。結果姐姐將沸油從樹上淋下，被燙死的是虎姑婆自己。[8]

或許要加上這個結尾，這篇童話的結構才算完整。孩子會因此明白，婚姻的幸福並不取決於幸運，而是取決於我們能在多大程度上擺脫上一代的不良影響。換言之，我們得對自己前半生的經歷與家庭動力抱持覺察才行。有趣的是，法國作家佩羅雖然在書裡收錄了這段結尾，但熱愛替故事寫下道德教訓的他卻未對此段做出任何說明，彷彿他不知道該拿這個結局怎麼辦。

這或許說明了，多數人都活在父母的的影響力下而不自知，這段故事的寓意雖不易體會，但佩羅最終還是將它保留了下來，我們才能看見王子與公主結婚以後的故事。

8 同註7，頁55—59。

給男性讀者的提醒：

對男性讀者而言，這則故事最重要的寓意是拯救自己內心沉睡的公主。但童話告訴我們，這得經歷一次次的失敗與痛苦。沒有人知道，男性內在的阿尼瑪何時會接納自己，玫瑰花叢的兩面性頗具原型的意義，因為它既美麗又要人命。

阿尼瑪象徵內在的生命，它受到玫瑰花叢的守護。男性就像王子一樣，縱然知道那是受到詛咒的城堡，仍然義無反顧。從這點來說，有些男人之所以飛蛾撲火般地追求女人，以致為自己惹上各種麻煩，原因或許就跟他們從未成功地在心理上解救內在的睡美人有關。

成長任務本身就很致命，似乎有一種內在的節律會逼使我們去完成一次又一次的整合，只是童話用冒險把這樣的動力包裝起來。而未得其法的人就會經歷「強迫性的重複」，總是不明所以地陷入無望的迴圈，知道不合理，但停不下來。這種貫穿人一生的整合動力，我們把它稱為「個體化」。因此不論你願不願意，生命都會催促我們成長。

故事中的善良老人就是我們的理智，他告誡王子不可衝動行事，但這次他卻猜錯了結局。玫瑰花叢終於打開，他的吻救醒了睡美人，而世界也跟著甦醒。這段描述對男性讀者來說，其意義深於女性。怎麼說呢？

首先，這意味著理智並不總是有效，雖然老人基於經驗法則得出了合理的結論：每個前往城堡的王子都會死，你是王子，你也會死。但潛意識有其安排，它才是心靈的主人，而不是理智。

其次，世界因為阿尼瑪的甦醒而甦醒，死去的重新獲得生命力。對許多男性來說，世界「就是那樣」，它的存在如表面那般，既無過去也無未來，它們只是可以被隨意擺弄與塑造的黏土。換言之，他們看不見世界內部的有機聯繫，認為世界只是一尊沒有生命的機械模型。除非他們能成功進入致命的玫瑰花叢，藉由發現阿尼瑪，重新發現他與世界的關係。

和大家想的不一樣，這樣的挑戰有時發生在人生的下半場，因為那時的我們已經建立了有效的人格面具，但也苦於生命之泉的乾涸，阿尼瑪問題因此登場。中國傳說裡的狐仙與女鬼[9]，就反映了這樣的生命主題。

---

9 鐘穎著：《傳說裡的心理學1－3》，新北：楓樹林，2022。

第二章 男人童話

多數的童話都以少年為主角，因為少年經常讓人聯想到「行動」，他們象徵著心靈活潑的陽性面。這裡分析的是《傑克與魔豆》及《白境的三個公主》。傑克的挑戰是擺脫對母親的依賴，漁夫的兒子則需要擺脫男性的競爭心態，尊重另一半的智慧。受到女性文化復興的影響，今日有許多男性顯得比過去迷惘。但童話指出的心理事實或許能成為當代男性的引導。

我們會在這一章介紹魔法心態、匱乏、融合與分離、自性、伊底帕斯情結、自願負傷、阿尼瑪等概念。

傑克與魔豆[1]

很久很久以前，世界大半都還很年輕，因為諸事美好，人人都能做自己喜歡的事情。

有個男孩叫傑克。他父親臥病在床，母親是個心地善良的人，早晚忙著賣牛奶和奶油（由家裡那頭美麗的母牛「牛奶白」，不間斷地供應給他們），想方設法照顧生病的丈夫和撫養年輕的兒子。當時是夏天。冬天來到，田野上的香草為了逃開冰霜，躲進溫暖的土壤。雖然母親派傑克到灌木樹籬去採集草糧，但往往只帶著空布袋回來；因為傑克常常充滿驚奇地看著事事物物，有時根本忘了要工作！

1 芙蘿拉—安妮．史提爾（Flora Annie Steel）著，謝靜雯譯：《英國童話及故事集》，台北：漫遊者，2022。部分用語略微修正。

有天早上，牛奶白身上根本沒奶可擠，一滴也沒有！這個勤奮的好母親抓起圍裙往頭上一丟，抽泣起來。

「我們該怎麼辦？我們該怎麼辦？」

傑克深愛母親，想想自己都這麼大了，卻沒做多少事幫忙，覺得有點良心不安，於是說：「開心點！開心點！我會去什麼地方找份好工作。」他覺得自己光是開口講這番話，手指彷彿就有了勤奮工作的感覺，但這個好女人悲傷地搖搖頭。

「你以前就試過了，傑克。」她說：「沒人願意雇用你。你是個好孩子，可是老愛作白日夢。不，我們必須賣掉牛奶白，靠賣牛的錢過活。對著擠不出牛奶的牛哭泣，根本是無濟於事！」

她不只是個工作勤奮的女人，也相當有智慧。傑克精神一振。

「說得也是，」他嚷嚷：「我們會賣掉牛奶白，變得比之前更富有。今天是市集日，我會牽牛過去，看看狀況如何。」

「可是……」母親開口。

「說『可是』也不會有結果，」傑克哈哈笑。「相信我，我會談個好價錢的。」

今天恰好是洗衣物的日子，加上丈夫病況嚴重，於是母親讓傑克單獨去賣牛。「不能少於十鎊喔！」母親對著他的背影大喊。

什麼十鎊啊！傑克下定決心要賣二十鎊。

他才剛決定要從那筆錢裡買禮物送母親，就在路上碰見一個矮小的怪老頭，對方出聲喚道：「早安啊！傑克！」

「早安。」傑克回答，禮貌地一鞠躬。納悶這個矮小怪老頭怎麼會知道他的名字，雖說有不少人都取這個名字。

「你要上哪兒啊？」矮小怪老頭問。傑克再次忖度，自己的去向關他什麼事？但他一向彬彬有禮，於是回答：「我要上市場去賣乳牛，我打算談個好價錢。」

「你會的，你會的。」怪老頭呵呵笑：「你看起來挺有能耐，我敢說你知道有多少顆豆子等於五（意為『我敢說你很聰明』）？」

「兩隻手各兩個，嘴裡再一個。」傑克不假思索回答，他真的很聰明。

「沒錯，沒錯。」矮小怪老頭呵呵笑，邊說邊從口袋裡拿出五顆豆子。「來，在這邊，把牛給我吧！」

傑克啞然失色。「什麼！」他終於說出口：「拿我的牛奶白換這五顆普通的豆子！哪有可能啊？」

「可它們不是普通的豆子，」矮小怪老頭打岔，古怪的小臉上露出一抹古怪微笑。「種下這些豆子，過了一夜，到了早上就會竄到天空裡。」

傑克吃驚到瞪大了眼睛。「你剛剛說會竄到天空？」傑克好不容易張嘴問。比起其他事情，傑克向來對天空有無比想像。

「會竄進天空沒錯。這筆生意很划算，傑克，而且絕對公平。如果你發現豆子沒長大，明天早上回到這裡找我，你可以把牛奶白要回去，這樣滿意了吧？」

「太好了。」傑克嘟噥著，沒停下來思考。轉眼間只剩下他站在大馬路上。「諸事順利，如果那個小老頭說的是假的，我明天早上就把牛奶白要回來。」

於是他吹著哨子、嚼著豆子，開開心心走回家，納悶等他上了天空，那裡會是什麼模樣。

「你去了好久！」母親驚呼，正在大門口焦慮地張望：「太陽都下山了，快跟我說，你賣了多少錢？」

「你絕對猜不到。」傑克開口。

「求主垂憐，我擔心了一整天，就怕你被人騙。十鎊？十五鎊？不可能有二十吧？」

傑克得意洋洋，伸出拿著豆子的手。「這就是我換來的，而且非常合算！」

這回輪到母親目瞪口呆。「什麼！竟然是豆子！」傑克的母親難得發了脾氣，完全不聽傑克解釋，動手痛打兒子。而後將豆子丟出窗外，不給兒子吃晚餐，命令他直接上床睡覺。

「如果這就是豆子的魔法，那我可不想要。」傑克後悔地想。但他生性爽朗，很快就進入夢鄉。

當他醒來的時候，窗外蓋滿了垂簾似的葉子，他旋即下了床，轉眼爬上前所未見的巨大豆莖。原來那個怪老頭說的是真的！竄進天空裡？傑克不管怎樣都要一探究竟。

於是他往上爬啊爬。爬起來還算輕鬆，因為豆莖兩側都長了葉子，就像梯子似的。儘管如此，他很快就上氣不接下氣。休息過後，他旋即看見一條寬闊的白色馬路映入眼簾，不停延伸。於是他不停走啊走，來到一座高大閃亮的白房子，門前有寬闊的白階梯。

門前階梯上站著一個高壯的女人，她手裡端著熬燕麥粥的黑鍋。傑克前晚沒吃晚餐，現在飢腸轆轆，因此客氣地說：「早安，女士。我在想你能不能分我一點早餐？」

「早餐！」女人重複他的話，其實她是食人妖的妻子：「如果你想要早餐，你就可能會變成早餐。我丈夫隨時都會回來，他最愛拿人類男孩當早餐了——可以拿來燒烤的胖男孩。」

傑克可不是膽小鬼，不管他想要什麼，通常都能如願以償，於是快活地說：「要是吃了早餐，我會更胖！」食人妖的妻子哈哈大笑，請他進門來，給他一大碗粥和牛奶。但才剛吃完，房子就開始顫抖搖晃，食人妖回來了。

「你快躲進烤箱！」食人妖的妻子喊道。

巨人的腰帶上掛了三頭羊，他將羊用力丟在桌子上，要他老婆烤熟。為了保護躲在烤箱裡的傑克，食人妖的妻子說：「烤？那些小東西會變成炭渣，最好用水煮。」她剛要開始動手，食人妖就在屋裡嗅來嗅去，說他聞到了人的味道。

「別傻了！」他妻子說：「你聞到的是昨天晚餐吃的小男孩的骨頭，我正拿他的骨頭在燉湯呢！」於是食人妖吃了那三隻羊，吃完後走到一個箱子旁，拿出了三大袋金幣，開始數了起來。

這一切都被傑克看在眼裡，等到巨人呼呼睡去，他趕緊爬出來，順走一袋金幣，沿著豆莖往下爬，但因為太重了，所以他往下丟去。等他回到了家，媽媽趕忙跟他說剛剛下起了黃金雨。傑克這才說明了原委，但話還沒講完，豆莖就消失了。

於是他們靠著這袋金幣快樂地生活了好長一段時間。直到有一天，媽媽滿臉愁容地將一塊金幣交給傑克，告訴他要省著點用，因為錢箱裡一個金幣也沒有了。

那天晚上，傑克自願不吃晚餐就上床，隔天，又看見了一棵巨大的豆莖在窗外生長。這一回，他以比之前更快的速度來到那座白色的大房子。這一次，他一樣大膽地跟食人妖的妻子要早餐，但她說：「走開！臭小子！上次我給了一個男孩早餐，結果我家男人就丟了一袋金幣，我懷疑你就是那個男孩。」

「我也許是，也許不是，等我吃完我就告訴你。」傑克說。於是女巨人就邀請他入內，請他吃早餐。「等你吃完再告訴我。」接下來發生的事就跟上次一樣了。食人妖帶著一頭牛回來，又聞到了生人的氣味。

他的妻子說，「那是你上禮拜帶回來的男孩，骨頭被我收進了廚餘桶。」吃完牛後，巨人就要妻子將家裡那隻會下金蛋的母雞拿出來。他對著小母雞說：「下蛋！」母雞立刻下了，是一顆黃澄澄的金蛋！

「不賴喔！小母雞。」巨人得意地說著：「只要有你在，我就不怕落入向人乞討的命運。」傑克看得兩眼發直，說什麼他都要弄到那隻母雞。等到巨人開始打盹，他立刻從烤箱中衝出來將牠抱走。

但你知道的，母雞離開自己的窩時總會發出叫聲，因此食人妖被吵醒了。巨人夫妻一起在後追趕，只見到一個小小人影抓著母雞向遠方跑去。傑克根本不知道自己怎麼下去豆莖的。等他一落地，就立刻對著母雞說：「下蛋！」黑母雞不再咯咯叫，下了一顆又大又黃的金蛋。

於是每個人都心滿意足，只有傑克好奇，除了錢之外，還能不能從天空中找到其他東西。於是某個仲夏的夜晚，他拒絕了晚餐。上床睡覺前，他提著大大的灑水器，往他窗下的地面澆水。等他醒來後，又一株豆莖直上天空。轉眼間他已經爬了上去，卯足全力往上爬。

這次他知道最好別去要早餐，因為食人妖的妻子肯定認識他了。他躲在外面偷看，趁對方不注意，躲進了大水壺裡，因為他知道她一定會先檢查烤箱。

不久後，食人妖帶著三頭巨大的牛回來，他說他聞到了人的味道。食人妖的妻子也附和道：「我發誓我也聞到了，這一定是上次偷你金幣跟母雞的那個男孩。」於是她打開烤箱，什麼也沒發現。她改口：「啊！我真傻！肯定是你昨晚帶回來的那個男孩，我剛把他做成了早餐。」

食人妖一邊大口吃著男孩早餐，一邊大吼著檢查廚房裡的各處地方。傑克非常惶恐，很怕他會打開水壺。但他沒有。吃完飯後，他吼著要妻子將自己的金豎琴拿來。於是她拿出一把小豎琴，擺在餐桌上。食人妖懶洋洋地說：「唱吧！」

看哪！那把豎琴唱了起來。你想知道它唱些什麼？它什麼都唱！樂聲如此悅耳悠揚，傑克忘了要害怕，食人妖也忘了大吼，最後不只睡著了，而且沒有打鼾。

這時傑克像老鼠一樣，鬼鬼祟祟從大水壺裡爬出來，悄悄地爬到餐桌那裡，抓住那把魔法豎琴，他決定要佔有它。

但是他才一拿起豎琴，豎琴立刻大喊：「主人！主人！」傑克匆匆逃離，巨人追了上去。傑克速度雖然快，但巨人的腳步有他兩倍大，傑克撲向豆莖，以最快的速度下行，巨人僅僅距離他十二碼。豎琴也不停地喊主人，傑克很快感受到豆莖在劇烈晃動，因為巨人也爬上了豆莖。

他知道這是生死關頭，於是對著地面大喊：「媽媽！媽媽！快拿一把斧頭來！」他的母親正好在後院砍柴，當傑克落地後，立刻拿起斧頭狠狠地劈砍豆莖。

「小心啊！」食人妖大喊，抓得死緊。但傑克確實很小心地給了豆莖致命一擊，食人妖連同豆莖從天上往下掉，當場斷了氣。

之後每個人都很開心，他們不僅有黃金可用，只要生病的父親覺得無聊，傑克就會拿出豎琴說：「唱吧！」看哪！它就會唱起太陽底下發生的所有事。

於是傑克不再作白日夢，而是成了一個相當有用的人。

最後一顆豆子依舊在菜園裡，還沒長出來。我好奇它會不會長大？又有哪個小小孩會沿著它的莖，往上爬進天空？而那個孩子又會發現什麼？真有意思！

故事解析

全能母愛的收回與兒童期的結束

童話喜歡用模糊的開場暗示讀者，我們即將進入非現實的世界，〈傑克與魔豆〉是其中一例，「很久很久以前，世界大半都還很年輕，因為諸事美好，人人都能做自己喜歡的事情。」在這樣的開場之後，緊接著告訴你，「有個男孩叫傑克」。

傑克是英國童話中最常使用的名字，通常他是一個農家子弟的名字。也就是說，這個故事就發生在我們周遭，故事裡的主角可能就是我們自己。

跟上面兩篇童話以女性為主要訴說對象不同，這篇童話的對象是即將邁入青春期的小男孩。讀者如果將它拿來與〈睡美人〉對比是很有意思的。

家中的乳牛不再產奶了，這象徵著全能母愛的結束，或者說，是無憂無慮的兒童期的結束。童話特地強調了傑克的孩童心態，即使媽媽要他去森林裡蒐集漿果或可吃的食物，他也總是無功而返。因為傑克會被森林中的有趣事物給吸引，從而忘記了自己的工作。

我們在這裡見到了〈小紅帽〉出現過的重要主題，一種對父母期待的偏離。只是讓小紅帽分心的是大野狼，但讓傑克分心的卻是他自己。易言之，我們的社會傾向認定男孩子之所以有問題，那通常是他自己的問題，我們假定男性尤其不應怪罪別人，必須將成長的壓力獨自承擔起來。

男孩更需要通過儀式的洗禮

母親也看出了兒子的幼稚心態，當傑克自告奮勇要去找份好工作時，母親卻悲傷地搖了搖頭。他知道傑克是個好孩子，但他的能力顯然無法勝任。比起小紅帽的母親，傑克的母親對自己的兒子顯然信心不足。童話指出的是這樣的困境：比起女兒，父母親知道自己必須敦促兒子更快長大，但兒子看起來卻不太可靠。

相較於女性，男孩更為晚熟，他們的成長似乎會經歷一種質性的跳躍，而不是量上的漸次增加。也就是說，女孩似乎會慢慢長大，男孩卻是一路幼稚，直到某一天起床或者經歷了某件事後才像是吃錯了藥那樣，一夜長大。

這是成年禮之所以重要的原因。比起女孩，男孩顯然更需要這樣的通過儀式

(rite of passage)，來刺激他人格的成熟。

成年禮無一例外都具有宗教意義，如果一個社會不相信現實以外的事物，那麼所有的成年禮都會失效，那不過是促進觀光的表演罷了。許多作者都曾提到成年禮的重要性，卻未看見這一點。

因此，對現代人來說，長大似乎越來越困難。我們開始有「後青春期」這種說法，出現那些三十或三十五歲以上，卻依舊認為自己是青少年與青少女的大人。

在傳統宗教失去魅力的情況下，我們只能自己建立與神聖之間的個別聯繫，不能再透過教會或廟宇來代替我們執行這項任務。這也是榮格心理學受到重視的背景因素，它是我們在科學教條與宗教教條之間的另一條路，它把對神聖的詮釋權交回我們手上，鼓勵我們從內心而非外界去發現祂。同時也要知曉，我們並不等於祂。

孩童的魔法心態

母親最終被兒子的樂觀所說服，讓他單獨去賣乳牛。但傑克再次搞砸了這項任務，而這次任務卻性命攸關，因為那頭乳牛是家中唯一值錢的財產。孩子似乎總有一種魔法心態，認為任何事情都可以簡單解決，就像奇蹟一樣。

這種心態隨處可見，學生幻想自己只需要認真讀半年書，就可以成為大考中的黑馬，或者成年人幻想可以買樂透致富翻身。這是健康的自我防衛機制，一處生命的休憩與退卻之所，但卻不能是人生的常態。而傑克以為只要賣了乳牛，家裡就會致富。事實上他什麼錢都拿不到，只拿到了五顆宣稱有魔法的豆子。

路上遇到的怪老頭正是看準了傑克用幻想替代現實的魔法心態，才騙走了他的乳牛。

生病的父親象徵他疲弱的陽性本質（對女性來說則是她的阿尼姆斯），在其他的版本中，強調了巨人擁有的財寶是從傑克的父親那裡偷走的[2]，因此也有同樣的用意。考量到歐洲的天神主要是男性，因此我們也可以認為傑克是到天上把丟失的陽性本質一次次取回來。

縱然那不是母親的本意，但母愛或母親的照顧看來已經腐蝕了傑克。他似乎從來沒有承擔過任何「自然的後果」。心理學家阿德勒（Alfred Adler）用這個詞彙來強調孩子如何用健康的自尊來克服自卑心態，他真正要說的，是讓孩子習慣為自己的錯誤承擔責任。在傑克拿乳牛換回豆子後，他的母親才似乎狠下心，罰他不准吃晚餐，體會匱乏。

匱乏感與意識的誕生

在魔法心態支配著我們的幼稚期中，匱乏並不存在，因為孩子事事都能被滿足。

在格林童話的〈甜粥〉裡，小女孩也在森林裡遇見了一位慈祥的老奶奶，她送給貧困的小女孩一口小鍋，只要對它說：「小鍋，煮吧！」鍋子就會源源不絕地出現甜粥，不想吃的時候就對它說：「小鍋，別煮啦！」鍋子就會自己停下來。但小女孩的母親在開心之餘竟然忘了問停止煮粥的咒語，最後是整個小村莊都被甜粥給淹沒了。誰要是想回家，就得奮力吃出一條路來。

換言之，貪求是本能，節制才需要學習。遍布全台各地的出米洞傳說，也都反映了相同的意旨。[3]

2 參見布魯諾．貝特罕（Bruno Bettelheim）著，王翎譯：《童話的魅力》，頁294，台北：漫遊者，2017。但他認為那種版本會使故事成為為父報仇的道德故事，而非原本的男性成長故事。

3 鐘穎著：《臺灣傳說的心靈探索：虎姑婆與在地故事集》，頁82－86，新北：楓樹林，2023。

不虞匱乏也是伊甸園神話的主題之一，那時的亞當和夏娃還未吃下知識樹的果實，快樂無憂地享受著各種豐美。直到被上帝趕出伊甸園後，亞當第一次知道原來不勞動就得挨餓。匱乏出現的時刻，也是人類的意識誕生的時刻。

雖然人本心理學認為基本需求的滿足才會帶來進一步的成長動機，但事實上，如果沒有適度的匱乏，人有時似乎也很容易喪失成長或學習的欲望。就如〈甜粥〉中的母親一樣，過度滿足只會讓她想要更多，而不是更深刻。

怪老頭與鬼點子

路上怪異的小老頭令人聯想起矮人或地精，在神話中，他們居住於地底或山洞，擁有絕佳的工藝技術，能打造各種魔法物品，但人類或天神能否妥善使用這些魔法物品則跟他們無關。在格林童話裡，矮人也同樣善惡難辨，有時會對主角主動施以援手（例如〈白雪公主〉），有時則否（例如〈侏儒怪〉）。[4]

換言之，他們亦正亦邪，喜歡用魔法物品來考驗男女主角，而且絕對不負任何責任。他們只提供機會，結局好壞則全憑當事人的努力和品格決定。他們就是孩子心中的鬼點子與奇思妙想，實踐它們的過程會讓孩子體會現實的困難，但一旦成功，也會讓他們得到確切又真實的自信心。

小老頭很快就看出傑克的能耐，當他用了雙關語「有多少顆豆子等於五？」時，傑克卻沒聽出他真正的意思，我們知道，孩子很常犯這種錯誤。他們只懂得解讀話語的第一層意義，絲毫不懂背後的隱喻。他真正的意思是一種反諷，懷疑傑克沒有那麼聰明。

獻祭魔法心態才能帶來成長

因此傑克接受了交換，在期待中把母牛／不虞匱乏的魔法心態給獻祭出去。也就是說，傑克在潛意識中放棄了對母親的全能幻想與依賴，作為交換，他則得到了成長的可能性：五顆有魔力的豆子。

為什麼是「獻祭」而不是交易呢？這不僅是因為雙方交換的東西不對等，也

4 這兩則童話同樣都是《格林童話》中的例子。

是因為沒有孩子會主動交易這麼寶貴的幻想（即便是大人，也絕不會輕易交易自己作白日夢的權利而向現實妥協）。如果可以，人們會希望自己永遠是個只需要將父母呼來喚去的孩子。

成長之所以是「獻祭」，乃是因為我們必須認識到，有更崇高的目標在背後等待我們，有更偉大的事物會接住我們。至少，我們要相信長大對自己有好處。基於這份對成長、或者對那超越並大於我的存在的信賴與敬畏，我們才可能勇敢跨越，並狠心將自己的幼稚心態拋在腦後。

一個相信魔法的孩子才可能在關鍵時刻完成跨越，因為他相信自己不會受傷（雖然有時難免天真）。有趣的是，正是因為他們相信魔法，才使孩子最終能放下它（但不是完全放棄），成為一個健康的大人。當神奇的魔力被取消，可能也會連帶殺死愛麗絲跳下兔子洞的那種勇氣。

當幻想化為願望

作為現實層面的代言人，母親立刻就發現了這場「騙局」。對成年人來說，他們需要的是更確定的東西。所以他們常常要孩子或青少年提出他們做不到的保證，例如不再玩手機，拿出對功課的上進心，或者其他我們知道根本無法兌現的承諾。但也因為如此，傑克的母親第一次感到失望，並實施了她的懲罰，傑克不准吃晚餐，必須直接上床睡覺。

但豆子卻在這時回報了他，豆莖一夜長成了參天大樹，正如怪老頭所保證的，「它們會竄到天空裡」。也就是說，傑克將有機會深入他的潛意識幻想，並將幻想化為具體可行的願望。

天空象徵著潛意識，而巨人夫妻則是孩子心中的父親原型與母親原型，他們巨大、可怕、同時會吃人，但最終卻拿傑克沒轍。這便是〈傑克與魔豆〉之所以深受孩童喜愛的原因。

它鼓勵孩子一次次去往天空，將他好奇的寶貝取回，藉由偷拐搶騙的搗蛋鬼（trickster）能量，幼小的孩童可以戰勝強大的巨人，並將無邊無際的幻想化為具體可行的願望。在這裡，方向並不是最重要的，你也同樣可以把它理解為往前走，或往下鑽。重點不是方向，而是孩子被鼓勵採取某種行動，到你一直嚮往的地方去，直到累得不能再走。

從融合到分離：傑克的三次偷盜

傑克就是在這樣的情況下看見了一條寬廣的大路和一棟白色的大房子。他看見一個女巨人站在門口的階梯，手裡拿著燉粥的鐵鍋。她是一位名符其實的大母神，一個能給予食物，又能把你當成食物的古老神祇。

女巨人告訴他，她的丈夫會吃小男孩。換言之，天空中的巨人是前面所提的父親原型，他的黑暗面是會吞食子女的黑暗父親。希臘神話中的克羅諾斯（Kronos）就因為害怕孩子出生後會勝過自己，因而吃掉了每個自己的孩子，直到宙斯長大才終於將他打敗。

但傑克卻毫不畏懼，他迫切地想要滿足自己的口腹之欲。於是女巨人為他添上了一碗粥與牛奶，並將其藏在烤箱中使他逃過一劫。第二次見面後，女巨人雖然對他產生了戒心，但是仍然保護了他。用佛洛伊德的話來說，烤箱與爐子就是女性的子宮，傑克藉由反覆的退行，尋求大母神的保護，才得以和父親原型的黑暗面搏鬥。

但孩子要獲得獨立，就得逐漸脫離母親。傑克慢慢從飢餓的男孩變成聰明的小偷，兩人的互動重演了傑克與母親的關係。女巨人也從一個全能的保護者，轉變成會吃人的怪物。換言之，傑克正在幻想中重新練習母子關係要如何從融合走向分離。女巨人是英國母親的另一個面向，猶如虎姑婆是臺灣母親的另一個面向，在後者中，故事裡的姐妹也到了應該長大的時候。

男孩特別需要保持這份自覺，無論他們是否喜歡，因為傳統上，社會傾向認為男性必須負擔家中的經濟，要「有肩膀」，除了自食其力之外也得負責家庭的開銷。

傑克三次盜取的東西不一樣，其意義也大不相同。他第一次竊取的是黃金，很好猜想，他帶回來的錢是有限的，總有一天要用盡，所以這引發了第二次的行動。

定型心態與成長心態

和第一次行動相同，引發第二次行動的原因仍然是匱乏。但傑克這次已經懂得將匱乏作為一種自我激勵，童話特地告訴我們，他「自願」不吃晚餐就上床。我們都聽過蘋果創辦人賈伯斯的名言：Stay hungry, stay foolish. 但這件事並不是每個人都能做到。

心理學家卡蘿．杜維克曾在著作中指出「定型心態」與「成長心態」的差異。前者認為能力是天生的，是無法改變的固定值；後者認為能力可以經由練習而成長，可以改變。[5]

童話微妙地點出了這個事實：冒險欲源於內在的某種匱乏感。而傑克則擁有健康的開放心態。

許多人會「否認」自己有匱乏。只要我不去接觸新知，我就不知道自己無知。只要我不去結識那些樂於學習的朋友，我就不用面對自己是個拒絕學習的人。

許多教師在課堂上都能發現涇渭分明的兩類學生，一類自信但謙虛，因為他們知道自己不足，渴望學習更多；一類自卑但好強，他們只想證明自己可以，遇見他們做不到的事，他們就會很快落入自卑那一極（同時會用自大與貶低他人的方式來掩飾），我只是沒興趣，只是不想學，不然我也可以如何如何。背後反映的心態是相同的。

只要我不嘗試，就可以自己維持虛假的自尊：我只是不想做，不是做不到。

我只想指出這樣的事實：讓自己保持適度的匱乏，人才能在心態上脫離對伊甸園的永恆幻想。這個幻想的力量之大，常常讓人停頓在某種得過且過的狀態中不願再往前進，或將過好生活的責任投射給他人，進而產生所謂的「巨嬰心態」，怪罪別人為何不對我施以援救。

將有限的母親化為無限的母親

因此媽媽讓傑克餓肚子的那天晚上，魔法豆子發芽了。巨大的豆莖直上雲霄，用精神分析的話語來說，他體驗到了從男孩變成男人的奇妙體驗[6]，勃起的陰莖為傑克帶來了充沛的自我效能感，同時也帶來了疑惑。

因為他的父親臥病在床，這意味著他的身邊沒有適當的對象可以諮詢，他不曉得自己的身體怎麼回事，就如睡美人見到了手指頭的血後就昏睡過去，象徵著初經帶給少女的震撼。

但男孩與女孩畢竟不同，童話多次強調傑克是個樂觀的孩子，他帶著這樣的自

5 卡蘿．杜維克（Carol S. Dweck）著，李芳齡譯：《心態致勝：全新成功心理學》，台北：天下文化，2019。

6 同註2，頁289。

信與疑惑上了天界，取回了黃金。

我們內在的陽性能量似乎遵循著這樣的原則，去爭取、去奮鬥，去將不足的補齊。因此這篇童話並非男性的專屬，它同樣適用於女性。而傑克第二次所帶回來的不是黃金，而是會下金蛋的母雞。取回的方式不是偷，而幾乎是搶。

童話試著表達魚竿比魚重要，是人面對現實世界的憑靠。我們可以把母雞當成一門能帶得走的技術，但母雞本身也象徵著母親的原始層面，她提供食物與溫飽，而且有求必應。只要說「下蛋！」就會掉下金雞蛋。

換言之，他把外在有限的母親內化成了內在無限的母親，學會自我撫慰，克服了對世界的失望，從而也最大程度地獲得了安全與自信。

可以這麼說，只要我們還需要他人的肯定來自我肯定，我們就還沒找到那隻下金蛋的母雞。這個議題幾乎是一輩子的，每個人或多或少都有自尊的議題，都需要將外界的肯定緩慢地轉化為真實的自信。傑克的「搶」暗示著陽性的能量和此議題相關，我們是在跟現實搏鬥的過程裡，才把這份自信給確定下來。

這也是為何巨人會說只要擁有這隻母雞，人就不會落入向人乞討的命運。我們向人乞討的不只是錢，也是尊重與愛。

為了不讓讀者誤會，我要再重新強調一次。我們先有一位真實世界的好母親，或者其他照顧者的無私養育，然後才獲得了在現實世界拚搏，將關愛轉化為自信的根基。母子或母女關係，是生命的第一份經驗。以此經驗為樣板，我們日後的關係總是尋求重複，無論是平和的，還是緊張的、和諧的，或者衝突的。

然後我們逐漸脫離這樣的伊甸園，被迫轉身面對現實世界，然後在與它拚鬥的過程裡，將一切給內化，也就是將下金蛋的小母雞養在自己心裡。因為我們同時活在兩個世界，內在與外在的世界，或者說，潛意識與意識的世界。

仲夏夜：陽性本質的充分發展與延展認知的邊界

傑克第三次冒險將自己的需求拉高到更高的層次，因為故事說「每個人都心滿意足，只有傑克好奇」。這次冒險發生在「仲夏夜」，一個陽氣最盛的夜晚，也就是說，此時傑克的陽性本質已經充分地發展，不再是個幼稚的小男孩。

他好奇著那個世界還有什麼可能性。傑克不再是受到物質的匱乏所驅使，驅使他行動的，是意義的匱乏。巨人（童話裡有時也將他稱為食人妖）的家中充滿了各種寶貝，這象徵著情結（complex）吸納了許多心理能量，那會使自我（ego）變得委靡。[7]我們擔心這個，害怕那個，然後是將自己的世界越活越小。

這肯定是最危險的一次，但他還是拿起了澆水器，希望找到窗台外的魔法豆子。這次傑克不僅是自己迎向，甚至是主動設計了他的冒險。

小男孩已經長大了，他不再需要向誰證明任何事，他的動機只有「好奇」。想要知道更多，想要盡全力延展他認知的邊界。多數人在孩提時代都能做到這一點，但長大之後都消失了。我們以為自己知道，也有意無意地讓自己不要去知道。

只要不去想老後，就不需要去擔心老後。只要不去想死亡，就不需要去擔心死亡。不論刻意不去想的東西是什麼，那背後的動力都是相同的。雖然我們有「知」的需求與成長的需求，但我們也會弔詭地防衛它。

由於是重演現實中從親密到疏離的母子關係，因此傑克這次躲在了門外，他知道女巨人不會再款待他，他已經從一個餓著肚子乞討的可憐男孩，成為帶著竊盜企圖的小偷了。這次他不再等著母愛的被動收回（乳牛不再產奶了），而是主動地終止對母愛的單方面依賴。

傑克躲在水壺而不是烤箱，這表示他採用了一個全新的策略。烤箱象徵著母愛，它是英國家庭常見的廚房用品，一種藉由高溫將食材變成食物的器具，但它本身也很致命，任何孩子都承受不了母愛的炙烤。水壺則是外出時裝水的器皿，很顯然，當巨人返家時是用不到它的。傑克很清楚地做了判斷。

精神需要與自我選擇的實現

巨人這次拿出來的寶貝是會唱歌的金豎琴，樂器無法讓他的財富再增加一絲一毫，它給予我們的是截然不同的東西，那是精神的需要，也是一種極稀有的品質。

雖然人本心理學相信人有自我實現的傾向，相信基本需求的滿足會帶來更高一個層次的需要。但事實似乎不然，許多人就是會在精神層次之前止步。獲得基本的溫飽後，多數人想要的其實是娛樂，並不是追求更高尚的自我完成，因此人是「選擇」去自我實現的，它並非自動得來。

所以除了基本的身心需求外，更嚴肅的思考或精神需要，我們往往直接交給代

7 鐘穎著：《故事裡的心理學（下）：陰影與個體化》，頁116—117，新北：楓樹林，2020。

理人來處理，宗教與僧侶在過去的許多個世紀都充當這樣的代理。這種情況直到近現代才出現了變化，我們更想親身體驗神聖。世界各地的靈性傳統因此開始復甦，榮格心理學也越來越被大眾喜愛。

但人們從來沒被教導面對內心那更嚴肅也更質樸的聲音，因此經常用娛樂、性愛及意識形態來加以替代。擁有金豎琴，就意味著擁有了能和神聖接觸的媒介，因為它是最古老的樂器之一，最早可追溯自兩河流域的蘇美文明，而後又在不同的古文明中流傳。音樂一直被廣泛用在宗教祭典，人們之所以視它能通神，顯然跟樂音更能和我們的情感相通有關。

榮格心理學認為，當我們意識層面的自我開始變得貧瘠時，只能透過宗教性的態度，或者說，只能藉由接觸潛意識的自性（Self）才能再次變得生機煥發。關於自性的意義，我們下一章會詳談。

砍斷豆莖：母子的通力合作與父親情結的克服

因此傑克與魔豆是一篇就成長意義而言相當完整的童話。特別是讀者可能注意到了，並不是每個男孩都能成功自天上歸返，多數男孩都成了食人妖的盤中餐。我們都曾擁有過魔法豆子，但不是人人都能順利長大。在人生的不同階段裡，任何人都可能失足。

當傑克即將到達地面時，他大喊著要母親將斧頭拿來，我們第一次在童話裡看見了母子的通力合作。別忘了，母親一開始可是認為這個孩子沒有自立的能力，對他能否自食其力不抱希望。因此童話無疑也在鼓舞大人，永遠要對孩子懷抱信心，在我們看不見的地方，他的旅程正要開始。

當巨人從天空墜落摔死，傑克也完成了他的冒險。這意味著父親情結的克服，他終於擊敗了心中令人畏懼的黑暗父親。

砍斷豆莖後，傑克就不再作白日夢，而是成為一個有用的人。他童年的魔法階段結束了，但故事告訴我們，還有一顆豆子沒有發芽。重點不是數量，重點是冒險的需要依舊存在。我們永遠會遇見不同的危機，因為成長沒有盡頭，它不僅是孩童或年輕人的任務，也是真實存在於人生各階段的問題。

給女性讀者的提醒：

傑克是作為女性內心的陽性本質而存在，因此這篇童話可被視為女性個體化發展的另一個途徑。有別於小紅帽認同了女性群體的價值，傑克的成長更接近當代女性，嚮往著天空，奮力地自我超越。

所以那個在路上行走的古怪小老頭也可能拜訪你，向你提出天馬行空的交易。你會覺得自己似乎受騙了，因為魔法並不存在。

當然，這一切只會在潛意識的層次發生。雖然女性不會感受到男性早晨勃起時的不舒適，但一夜長大的豆莖同樣隱喻著青春期時突然膨脹的自主感，想要為自己爭取權利，認識新世界，並證明自己的能耐。因此豆莖也象徵著女性的阿尼姆斯。

許多神話都把母牛視為女神的化身。因此提出以魔法豆子交換牛奶白的小老頭，或許是為了將功成身退的乳牛帶回異世界。等待乳牛的命運不是被宰殺，而是被尊崇，猶如印度神話中的牛女神蘇羅毗（Surabhi），她會為崇敬者帶來財富，因此傑克才會從巨人處獲得這麼多寶物。

家中停止泌乳的乳牛除了表明負擔家計的責任已經從母親落到小女孩的身上外，也說明乳牛所象徵的富足已經成為女性的一部分，退入潛意識裡成為支持女性獲得獨立的重要背景。換言之，女神會庇佑每個準備好長大的女性。

現在開始，承接女神能量的女性可以放開手腳做事，沿著豆莖爬上天空。

此外，傑克的狡詐對女性而言也很重要。他從一個被怪老頭欺騙的孩子，成為一個欺騙巨人的小偷。這件事的要緊之處在於，女性總是受到社會期待的制約，所以特別容易忽略內在的搗蛋鬼能量。

搗蛋鬼首先是一個騙子，他不在乎既定的形象或界線，他亦正亦邪，亦俠亦盜，半人半獸，而且可男可女。惡作劇之神的形象通常是男性，但他跟父權社會中的女性一樣，在神話裡都處於相對邊緣，卻至關緊要的位置。所以希臘酒神戴奧尼索斯（Dionysus）才會特別受到女性的敬奉。

他們是推動世界轉變的因素，也具有顛覆舊世界的力量。傑克三次上天下地所表現出的跨越者意涵，也讓他成為女性的引靈者（psychopomp）。

榮格心理學認為，引靈者是帶領我們穿越陰影的心靈嚮導。對女性來說，這個角色主要由其內在男性，亦即阿尼姆斯來擔任。如果這個說法為真，〈傑克與魔豆〉談的就不僅是男孩的成長，更是女性阿尼姆斯的發展。

砍斷豆莖這件事對女性是必要的，特別是揮斧頭這個動作，它不僅指向了劃清自我界線的行動，更明示著女性如果要走向個體化，就必須適度地讓男性價值觀功成身退，重新認同自己的陰性價值。在故事裡指的是砍斷象徵男性性器官的碩大豆莖，並喊來象徵陰性本質的母親一起合作。因為女性的個體化不是男性個體化的複製，你得重新尋回個人的女性能量。

但無論男女，我們都需要留下一兩顆有魔力的豆子，在有需要的時候，在慣性的日常再度使我們疲憊且困窘的時候，替它澆點水，沿著巨大的豆莖，再度爬上天空，我們的潛意識之中。

白境的三個公主[1]

從前有一個漁夫住在王宮附近，為國王的餐桌釣魚。有一天他什麼也沒捕到，無論用什麼辦法嘗試，例如不同的地點和誘餌，還是連條小魚都抓不到。

但就在這一天要結束時，一顆頭從水裡冒了出來，說：「如果我可以擁有你妻子腰帶下的東西，你就能抓到夠多的魚。」

於是漁夫大膽地回答說：「好的。」因為他不知道自己的妻子已經懷孕了。接著，他就捉到了各種各樣的大魚。

1 彼得．克利斯登．亞柏容森、容根．因格布利森．莫伊（Peter Christen Asbjørnsen, Jørgen Engebretsen Moe）著，劉夏泱譯：《日之東，月之西：北歐故事集》，台北：如果，2017。部分用語略微修正。

當他晚上回家時，對他的妻子說起自己是如何抓到這些大魚的，但他的妻子卻哭泣和呻吟了起來，對她丈夫所做的承諾非常激動。她說：「我的腰帶下懷了一個孩子。」

結果故事傳得很快，也傳進了王宮。國王聽說這個女人的悲傷和原因之後，他說他會設法照顧這個孩子，看能不能救他。

幾個月之後，當日子滿了，漁夫的妻子生了一個男孩。國王立刻把他接走，當成自己的兒子養育，直到他慢慢長大。

後來有一天，這孩子請求和親生父親一起外出釣魚，他說自己一直很想這麼做，起初國王並不理會，但最後還是同意了。因此他和漁夫父親外出一整天，一切都很順利，直到夜晚來臨。

少年忽然想起了被他遺落的手帕，就去尋找。只是當他上了小船以後，水流立刻狂湧，推著小船離開，少年拚盡全力划槳也毫無用處，小船走了整整一晚，最後他來到非常遙遠的白色河岸。

他上岸後走了一會兒，出現了一個有白鬍子的老人。

「這個地方叫什麼名字呢？」少年問。「白境。」那老人說，他又問少年是何時來的，想做什麼？所以少年告訴了他整件事的經過。

「好的，好的，」老人說：「現在你得沿著這條河岸走得更遠，你會遇見三位公主，她們被埋在土裡，只有脖子以上的頭露出來。見到的第一位，她是最年長的，會盡力懇求你去幫助她；第二位也會做同樣的事，只是這兩位公主你不可以去幫忙。要快快經過她們，就像你沒有看見，也沒有聽見任何聲音那樣。但到了第三位，你就得要去做她要求你的事。如果你這麼做，就會得到好運。」

少年見到第一位公主時，她大聲呼叫他，盡力懇求他到自己身邊來，但他卻不理會，就好像沒看見她似的。同樣地，他又經過了第二位公主，但是到了第三位公主時，他向前走去。

「如果你能照我所要求的去做，」她說：「你就能在我們三位之中，選擇一位你喜歡的。」「好的。」他很樂意。所以，她告訴了他，三個山怪如何把她們埋進了土裡，而之前她們是住在樹林的城堡中。

「現在，」她說：「你必須走進那座城堡，每晚讓山怪為我們三個人毆打你。如果你能忍受，就可以讓我們獲得自由。」「好吧！」少年說他可以試試。

「你進去時，」公主繼續說：「會看見兩隻獅子站在門口，但只要你從牠們的中間通過，牠們就不會傷害你。然後直直走到一個黑暗的小房間，躺在那裡的床上，之後，山怪就會來毆打你。但只要你取下掛在牆上的小瓶子，用裡面的藥膏塗抹在身上，那麼無論傷口如何，它都會恢復原狀。之後，你就取下掛在小瓶子旁邊的寶劍，將山怪砍死。」

於是他按照公主告訴他的，從兩隻獅子之間通過，就彷彿沒有看見牠們一樣。接著他又直接走進那個黑暗的小房間，到了那裡他就躺下來睡覺。當夜晚來臨時，一個長有三顆頭的山怪帶著三根木杖來了，要毆打少年。少年照著公主說的話做，成功殺死了山怪。

第二天早上他出去時，看見公主已經上升到腰部的位置，但還埋在土裡。

第二天晚上，同樣的事又發生了一次。只是這次是一個長著六顆頭的山怪帶著六根木杖來，他對少年的毆打遠比前一晚更猛烈。當少年第二天早上出去，公主雖然還被埋在土裡，卻已經上升到膝蓋的位置。

第三天晚上是一個長有九顆頭的山怪帶著九根木杖過來，他不僅猛烈毆打少年，還將他舉起來重重砸在牆上。好險猛烈的撞擊讓小瓶子掉了下來，藥膏灑在他身上，所以他又恢復得像之前一樣健康。然後他毫不猶豫地拿起了寶劍，砍死山怪。

第二天早上，所有的公主們都離開了土裡，站立在他前面。因此他娶了最小的那位公主，和她快樂地生活在一起。

後來，他開始想念自己的父母親，但王后（也就是小公主）並不喜歡這個想法，然而他心意已決，沒有任何事可以阻止他回家。因此王后對他說：「有件事你必須答應我，就是你只能答應你父親的要求，不能答應你母親的要求。」他答應了。

她給了他一枚戒指，這是一枚任何人戴上之後就可以許兩個願望的戒指。所以他許願希望自己能回家，便立刻如願了。當他回家後，她的父母沒想到兒子竟已經長成了青年。

幾天之後，母親希望他能去王宮，讓撫養他的國王看看他長大後的樣子。父親卻說：「不行，要是如此，我們就不能從他身上得到更多的喜悅了。」但是，因為母親乞求了老半天，最後他還是去了。

他到王宮後，他的衣著與氣派絲毫不比其他國王遜色。老國王卻說：「很好，你看過我的王后了嗎？誰能像她一樣美？我沒看過你的王后，我想她的美貌一定比不上我的王后。」

「那可未必，」年輕的國王說：「但願她現在人在這裡，你就可以看到她的樣子。」話剛說完的那一瞬間，他的王后就站在他們面前。

但是，她很悲傷地對他說：「你為什麼沒記住我說的話？為什麼不聽你父親的話呢？現在，我必須回家了。至於你，你已經用掉了兩個願望。」

她以自己的名義在他的頭髮上編織了一個髮圈，並許了一個讓自己回家的願望，就立刻消失了。青年國王的心感到如刀割般痛苦。

日子一天一天地過去，他不斷想著要如何才能再回到他的王后身邊。「我必須試試，」他想：「只是我不知道白境在那裡。」於是，他便啟程到外地打聽。

他走到非常遙遠的地方，來到一座高山。他在那裡遇見了一位森林中所有野獸的主人，當萬獸之主吹響號角時，野獸們全部會去拜見他。所以青年國王問他是否知道白境在何處？

「不，我不知道。」他說：「但我可以問問我的野獸們。」於是他吹響了號角，詢問野獸們關於白境的消息，卻沒有任何野獸知道。

但男人給了他一雙雪鞋。「如果你穿上這雙鞋，你就可以見到我哥哥，他就住在數百里之外，他是所有飛鳥的主人，去問他吧！到了之後，將鞋子調轉方向，讓腳趾頭指向這裡，它們就會自己回家了。」青年國王照做，見到了他的哥哥。

他再次詢問白境的所在，飛鳥之主用號角召喚了所有的飛鳥，卻沒有任何一隻鳥知道。「好吧！我再借給你一雙雪鞋，它們會把你帶到數百里之外，我有一個哥哥是海中所有魚群的主人，但別忘了調轉鞋子的方向，讓鞋子自己回來。」國王心裡充滿了感謝。

他來到魚群主人之處，將鞋子送回後，再次詢問白境的所在之處。

那人吹動號角呼喚魚群，卻沒有任何魚兒知道此處。最後來了一隻年邁的魚，牠說：「我知道，我曾經在那裡做了十年的廚師，明天我又要回那裡去了。現在，白境的王后因為國王的離開，將要和另一個丈夫結婚了。」

「好的，」魚群主人對青年國王說：「我給你一點建議。附近有一片沼澤地，有三個兄弟住在那裡，他們已經在那裡吵了幾百年，為了應該怎麼分配一頂帽子、一件斗篷和一雙靴子而爭論不休。無論是誰擁有這三件東西，就可以使自己隱形，也可以到任何他想去的地方。你可以告訴他們，你能為他們使用這些東西，為他們判斷這些東西屬於誰。」國王道完謝後就出發了。

國王果然在沼澤遇見了爭吵不休的三兄弟，於是他向他們提出建議，告訴三兄弟，自己可以替他們使用這些寶貝，判斷它們應該屬於誰。聽完國王的建議後，三兄弟很樂意讓國王為他們試用這些物品，並由他決定這些寶物的歸屬。

但帽子、斗篷和靴子一落入他的手中後，年輕國王就說：「等我們下次見面時，我就會把答案告訴你們。」說完後，他就許願自己離開，上升到了空中。

北風來了，咆哮著問他：「要到哪裡去？」國王說：「要到白境去。」然後說出了所有的事。

北風說：「啊！你會走得比我快，因為你可以直走，而我卻必須在每個轉彎處移動，等你到達之後，記得待在門邊的樓梯口，然後我將以風暴的姿態降臨，就像要吹倒整座城堡似的。接著，想娶你妻子的王子會出來看看發生了什麼事，這時你就抓住他的衣領，把他拉出門外，我會設法料理他，看看是否能把他捲走。」

於是，國王就照北風所說的那樣，站在樓梯口等候。不久，北風來了，不斷衝擊和咆哮。他抓住城堡的牆大力晃動，結果那位王子出來看看發生了什麼事。

王子出現之後，國王立刻抓住他的衣領將他拉出門外，北風也將王子捲走了。

之後，青年國王走進了城堡，一開始他的王后沒認出來，因為在經過了這麼長久的遊蕩和悲傷後，他已變得如此蒼白和消瘦。但是當國王拿出戒指給她看時，她便立刻認出了國王，而且很高興地接受了他。所以他們就舉行了盛大的婚禮，名聲也遠遠地傳開來。

故事解析

失落後又尋回：人生的經典場景

關於失去伴侶後又重新將之尋回，這樣的故事在童話中屢見不鮮，主角則不分性別。包含了〈去不知道什麼地方，找不知道什麼東西〉的神射手，〈日之東・月之西〉的女孩，以及希臘神話〈邱比特與賽姬〉。看來婚內失戀是很常見的，但人要失去後才懂得珍惜。這個人生的經典場景，它帶給我們的懊悔往往深過一切。

〈白境的三個公主〉是一篇挪威的童話，故事裡有許多交代不清的地方。例如：那顆水裡冒出來的頭是誰？他是後來指引少年前往白境的老人嗎？三個公主為何被困在泥土裡？但這些都不影響故事的趣味性。更重要地，故事鼓舞著每個讀者，特別是男孩，無論你的出身多低，你都可能獲得祝福，並憑藉毅力成為一位英雄。

和其他常見的童話不一樣，這不是一篇王子的故事，它的主角是一個被父親意外賣掉的孩子。他答應了來自水裡的聲音，有顆頭告訴他，只要拿妻子腰帶下的東西來交換，就可以獲得許多魚。童話委婉地道出了孩子的焦慮，他們總是覺得自己是父母親可有可無的財產，隨時都可能被交易出去。

從此觀點而言，國王的出手保護讓孩子體會到了某種更高的存在。那是超越父親以外的權威，是神聖的或者超自然的權威。我們知道，健康的孩子是能將父母親的全能感延伸到超自然或宇宙秩序的孩子。他們不僅信賴父母親的愛與能力，也信任整個社群、乃至個人所屬的宗教與秩序。

欺騙有時是神聖的偽裝

由於不忍漁夫妻子的遭遇，國王決定出手庇護，將孩子養在王宮多年。但這一切不過是延緩了孩子的命運，孩子長大後，表達出熱切想要與父親一起去釣魚的願望，因此他離開了王宮，在水流的推動下來到了白境，並成為一位年輕的國王。

換言之，雖然漁夫看似受到了水中頭顱的欺騙，但後者卻知曉男主角的命運，他知道漁夫之子並不如外表看來那般貧賤，而是具有成為國王的本質。頭顱的交易，其實是為了讓男主角的本質能夠彰顯。

因此欺騙本身或許就是神聖的偽裝，它有時會將我們引向更遠大的目標，就像大野狼欺騙了小紅帽。欺騙也是一種生存所必需，而且能夠使身處弱勢的我們抵抗來自他人的惡意與攻擊。這一點，我們將在第七章的〈魔鬼的三根金頭髮〉中深入討論搗蛋鬼（trickster，也就是愚人）的問題。

自性的聲音

我們在這裡也見到了自我與自性的對立，我們本能地害怕命運，也很少理會潛意識的聲音。漁夫與頭顱在海面上的對話是一個非常有力量的意象，類似的意象可以是夢見喜歡的偶像，或是夢見一個怪物或山神在和自己說話。這些夢境通常都隱含著眼前有一位令人無法拒絕的權威，要我們做出令人感到離譜的行為。

而人在夢裡卻會迫於某種原因去答應，縱使那要求對意識自我來說，根本毫無接受的理由。例如，夢裡可能會有個不知名的聲音要你穿上不合適的舊衣服去接待客戶。在神話裡，則是耶和華要求亞伯拉罕獻祭自己的孩子。這樣的情節常讓當事人或讀者嚇出一身冷汗。

我們可以將之解讀為神明的考驗，但神明是誰呢？又是誰在夢裡對我們說話？從榮格的觀點來看，這跟海中冒出的頭顱一樣，都可被想作自性的象徵，他就是心靈的中心，以及心靈的整體。自性推動著個體化，推動著我們的命運。

夢與現實的相似與對立

當漁夫一整天在海中捕魚無果，為沒有食材可以送上國王的餐桌而發愁時，潛意識送來了特別的禮物，並做出預告：只要他願意接受條件，他將得到許多魚。也就是說，接受自性的安排，就能換得回報。

但回家後妻子卻告訴他，自己腰帶下的東西正是他們的孩子。妻子的反對表現出一種現實的態度，孩子的人生必須交由他們自己決定，而不是海中的頭顱，後者意味著潛意識的安排，或者說：命運。

對許多已婚男性來說，最重要的人就是自己的妻子，她們在家中擁有最後的決定權，特別是跟孩子有關的事務，因為孩子是從妻子的肚子中生出來的，許多男人無意識地認為，那是屬於她的財產。

妻子的拒絕，也是我們醒來後對夢境的遺忘。我們覺得自己犯傻被欺騙，覺得夢境荒唐不合理，以致我們起床後根本不用一分鐘，就會把夢的內容丟在腦後，直到下一個夜晚來臨，我們再次對夢境裡的一切感到無比熟悉。

這份熟悉感說明了潛意識的魅惑本性，它在夢裡構建了一個跟現實同樣真實的世界，乃至莊子曾經狐疑自己究竟是不是一隻作夢的蝴蝶。

父子的羈絆

但無論做出了多大的努力，我們試著提供孩子他本性以外的東西，試著為他建構一個完美的教養環境，就像漁夫的兒子被養在王宮那樣，最終還是徒勞無功。因為孩子一直想要和親生父親一起釣魚，聰明的讀者都猜得出來，接近大海對他而言很危險，但這孩子卻受到某種力量的驅使，必須迎接並實踐個人的天命。

而這也說明了，孩子總是會受到父親的職業所吸引，將自己認同為父親，想成為跟他一樣的人。這指出了父子之間固有的羈絆，無論男女，孩子都需要得到父親的肯定，才可能順利度過自己的青春期。

心理學家榮格小時候相當內向，嚴重到甚至不想上學，只想待在自己的房間裡。他在《榮格自傳》中提到，有一回他又找了理由不去學校，但家裡來了訪客。他意外偷聽到爸爸與客人的對話，爸爸對客人表達了對兒子的擔憂，他擔心孩子長大後不知道該怎麼辦？從此以後，榮格努力克服對上學的恐懼及身心症，發展出他的一號人格，也就是對現實的適應。

父親的共謀與伊底帕斯情結

我們換個角度，從漁夫的父親角色來談，令人好奇的是，當時的他真的不清楚妻子的腰帶下有什麼東西嗎？這並不是一個困難的啞謎，但童話一方面指出了男性對生命孕育歷程的無知，另一方面也指出了父親對孩子的潛在敵意，男人想要將孩子送出去，以免孩子成為他的競爭對手。

我們很常談孩子對父母的愛恨交織，卻忽略了父母對孩子也有類似的感受。當代社會越是強調教養的正確性與父母對孩子的愛，就越顯示出裡頭有同等的對孩子的厭棄與敵意需要偽裝。我們要試著記住，每一份愛都是矛盾的，愛在每一刻都可能被恨給佔領。

從佛洛伊德的觀點來說，既然男孩在幼時曾經歷過伊底帕斯情結（Oedipus complex）的衝突，也就是憎恨自己的父親，依戀自己的母親。那麼，等他成為一名父親後，自然也很清楚自己接下來會遇見的挑戰，那就是他的兒子會對他有同樣的敵意，延續著多年前他與自己父親的對抗。因此漁夫並不只是單純的受騙，他在潛意識中也是頭顱的共謀，他想預先翦除自己的挑戰者。

不少兒子就在父親的敵意中長大，他們永遠在滿足父親不合理的期待，並且因為無法滿足這些期待而受挫。神話故事中的哪吒與父親李靖就活生生地演出了父子之間無意識的衝突，最後演變成兒子追殺父親的戲碼。[2]

男孩長成英雄的前提

故事中的少年無意識地迎向了自己的命運，來到河中釣魚，就像不聽從父母勸

2 參見拙作「神話裡的心理學」，二〇二一年線上講座講義，未出版。

告選擇個人志趣的青少年。但頭顱沒有再出現，取而代之的是莫名湧動的水流，因此他來到了陌生的白境，那個命中歸他統治的王國。

湧動的水流很生動地描繪出男孩們都熟悉的底層慾望，它催促著男孩探索未知，也就是他們本來不屑一顧的異性。因此白髮老人給出的任務很有趣，他告訴這名少年，你不僅必須拯救公主，而且必須選擇拯救「正確」的公主。

這跟我們熟悉的神話故事相當不同，在這類故事中，公主通常只有一個，所以她一定是正確的那一個。而且英雄總是回應所有人的要求，無論求助者是誰，他都不可以轉頭離去。

但這則童話卻不是如此，白境有三位公主，而且白髮老人要少年儘管忽略前兩位公主的請求。這位白髮老人和故事開頭漁夫在海中遇見的頭顱一樣，可以被我們視為自性的不同象徵，本來原型就會以不同的意象出現，只是他在這裡以智慧老人的樣貌出現。

智慧老人說出了不同於世俗的觀點，首先，每個男孩在路上遇見的女性都值得尊重，因為她們人人都是公主。但你只能選擇一個去愛、去拯救，我們無法幫助每個人。你得把她們留給別人。

這種對女性身分的重視，以及對救世主心態的節制就是老人的忠告。只要男人在身分或外表上貶低任何一位女性，那就貶低了全部的女性。因為相比於女人，男人更不容易看見一個人的內在，因此才有人說男人是視覺的動物。

同時男人傾向對女性施以援手，這雖然是騎士或紳士精神的展現，卻很少留意隱身其後的救世主情結，也就是說，未能覺察背後的那股自戀，而這會讓男人捲入許多麻煩與悔恨中。這就是為何老人要他拯救的不是第一位公主，而是第三位。換言之，除非少年學會了關係中的界線，否則不要去愛。

這才是男孩能長成英雄的前提。

肢解之苦與自願負傷

第三位公主告訴他，從兩頭獅子的中間走進去，穿越黑暗，來到一個房間，躺在床上，在那裡挺住山怪的毆打，並拿牆上的藥膏自我治癒，然後用寶劍把怪物們殺死。如此連續三天。

我們可以發現這個挑戰的最不尋常之處在於，少年必須是「自願」躺在床上受暴力傷害。但公主向他保證，他在房間裡受的傷害，可以由房間內的藥膏治癒，而傷害他的怪物，則可以由房間內的寶劍殺死。

如果說，端正對女性的心態是男孩這場成長之旅的第一項考驗，那麼，自願負傷就是第二項考驗。穿越長長的黑暗所來到的房間無疑是進入異界或冥府的另一種表達方式，而少年所受到的毆打，就是人格被支解的痛苦。

但是，人在這裡所受的傷，也會完好地復原。因此，這位公主顯然也具有女巫的身分，她能正確地為少年做出預言，不僅告知他進入異界的路，也告知他離開的方法。

因此公主就是男人心中的阿尼瑪，他內心的女性靈魂。阿尼瑪在故事裡總是以人形的方式現身，和阿尼姆斯一樣，是帶領我們進出潛意識的嚮導，也就是上篇故事裡提到的引靈者。在希臘史詩《奧德賽》裡，她是女神瑟西（Circe），在但丁的《神曲》中，是他的愛人貝緹麗彩（Beatrice）。她們都指引男主角該如何離開地獄。

成長時常意味著融舊鑄新，先是褪去兒童期的幻想，而後是褪去特定角色的認同與身分，或者認知世界的特定框架，每一次這麼做，都會讓我們覺得受到毒打。而我們得和童話裡的少年一樣，自願躺在床上受折磨。但故事卻溫柔地向我們保證，每次的痛苦都會復原。

經過了三次的毒打與復原，受困在土中的三位公主才得到了拯救。他在和第三位公主結婚後並沒有如其他童話描述的那樣，從此過著幸福快樂的日子，而是迎來新的挑戰。換言之，人的成長和困境並不會因為婚姻而消失。

男性的競爭心態與權力情結

和〈傑克與魔豆〉不同，〈白境的三個公主〉所涵蓋的人生面向更廣，歷程也更長。婚姻與戀愛的甜美日子很快就結束了，這位白境的國王想要回家探望父母。但妻子卻告訴他：你必須聽你父親的話，而選擇忽略母親的期待。否則就會有厄運臨門。

我們若仔細看白境國王返家後，母親對他所提的要求就會知道，那只是一個尋常的普通願望，她希望兒子能回去探望當時照顧他的國王。母親的目的很好猜想，除了探望之外，她也希望國王能為自己的兒子感到驕傲。但從來沒有兩位國王可以平起平坐，他們之間必須分出高下。

童話生動反映了男性之間常見的主題，那就是權力的比拚。正是如此，他的親生父親，也就是漁夫，才會在事前說出那樣的話：如果這麼做，我們的喜悅可能就會結束。

也就是說，父親比母親更清楚男性的心理，那種在學校時比拚球技與課業，出社會比拚收入與行頭的競爭心態。在埃及神話中，農神歐西里斯（Osiris）與弟弟，也就是風暴之神賽特（Set）兩人之間就有濃厚的對抗意識。後者為了報復哥哥，將他誘騙至自己的家中分屍，從而奪取了王位，拉開了整個神話的序幕。

兩個男人之間的彼此較勁有時會持續半輩子，在這個過程中，連伴侶都會成為比較的對象。這種心態對親密關係是很大的傷害，因為伴侶被男人物化成了工具，目的是用來為自己增光。而兩位國王的競爭心態還不只如此，當中也表達出了世代戰爭的意味。

從母親轉向父親

老國王的外表不可能比得上年輕的國王，眼前這名幼時受他所庇護的年輕人，如今卻成了在他面前耀武揚威的對手，他的屈辱感可想而知。那些將員工或後輩一手提拔成材，卻遭到其背叛的主管與前輩，或許看到這一段也會為老國王叫屈吧！白境之國的王后正是預見了這一點，才不希望他聽從母親的話。

母親的善意為白境國王的人生帶來了傷害。童話暗示著，男性的成長更多地受到父親的引領，無論那是深入自身的陽性本質或者變得社會化。他也必須有意識地與自己內心的母親情結（而不是真正的母親）保持距離，同時學習尊重那些比他年長並曾經有恩惠於他的男性。後者不是男人的敵人，而是效法的對象。因為在一般情況來說，有身分地位的長輩通常樂於提攜後輩。但對權威感到懼怕或敵意的年輕人（也就是內心有權威情結的人）通常會拒絕長輩的幫助，並將其視為敵人。

正是這樣的競爭心，男主角失去了伴侶的愛。從這裡開始，他踏上了人生的下半場。

尋求再次進入聖杯城堡的機會

敏銳的讀者會發現，在童話的後半段中，他的父母不再出現。換言之，從此刻起，他已成為自己命運的主人，此後的人生都與他的父母沒有任何關聯，他必須為自己完全負責。他想再次挽回自己的妻子，但卻不知道由他所統治的白境在哪裡？也就是說，他失去了與自己的連結，因為競爭心讓他活在外部世界。

就像聖杯傳說裡的騎士帕西法爾（Percival），他雖然曾經在年輕時進入漁夫國王的聖杯之城，但帕西法爾卻保持了沉默，沒有問出他應該問的問題：「誰才是聖杯真正的主人？」這使他內心的國王，也就是自性，失去了療癒傷口的契機。因此他得再次踏上旅程，直到取得進入聖杯之城的第二次機會。

傳說暗示著，男人經常身在福中不知福，因此得用下半生的機會來彌補。男人中年的追尋往往與此有關，他們想與年輕時的某個經驗重新連結，可能是愛、可能是青春、可能是故鄉的山與海，可能是其他。他曾是那裡的國王，但他卻忘記了回家的路。白境之王的苦就在這裡，他雖身在故鄉，卻感覺在異地流浪，就如帕西法爾一樣，他之後的每一場冒險，都是為了返回。

如果男人與他內心的阿尼瑪失去聯繫，即使他在現實中已經是某個領域的王者，也同樣會給人一種汲汲營營於生存，只想盲目擴張自己野心的印象。這種人很容易在社交場合中一眼看出來，因為無法體驗到生命（也就是阿尼瑪），所以只能透過不停地獲取來讓自己覺得還活著。

自性的不同意象

他走到遙遠的高山，來到大海，陸續遇見了野獸、飛鳥及魚群的主人。很明顯地，他們三位也是國王，有著自己的子民。但只有掌管潛意識水域的魚群主人能真正幫助他，因為只有到此時，白境國王才窮盡了他一切的可能性，走遍了全世界。

這三位國王都是自性的化身，如果想要找到返回白境之國的路，他就必須親近自性，並與之對話。而給出建議的之所以是魚群主人，是因為大海是多年前他的漁夫父親與一顆頭顱立下約定的地方。

我們再次看見了自性以不同的意象顯現他自身，從一顆頭顱、一個老人，到分別掌管野獸、飛鳥和魚群的國王。如此寓意深刻的童話，無論從什麼角度來說都很罕見。

男性的成長：從競爭意識轉為實用意識

而白境國王的最後一項考驗是為爭執數百年的三兄弟做出裁判，但他並未這麼做，而是以欺騙的方式拿走了使他們爭執不休的寶物。我們在此處再次看見了搗蛋鬼的特質，他可不是什麼採取正當手段的英雄，對他而言，那些無論如何不會有結果的爭論，最好的方式不是調和它，而是取走其中最具價值性的觀點，讓其他的部分留在它們原本的地方。

換言之，求同存異。

在童話的例子裡，三兄弟中唯一的共識，就是寶物具有重要的價值。如果說調和或整合是一種偏向女性／陰性心靈的智慧，那麼區別對待就是男性／陽性心靈的智慧。在此凸顯了這篇童話的男性特質。

而後北風撼動著城堡，白境國王把即將與妻子成親的王子揪了出來，讓他被北風捲走，獻出了戒指，將妻子喚回。

從一個光明的英雄成為灰色的英雄，為了達成目標，這位「白色之境」的國王，竟然不惜當起騙子與小偷，甚至北風的共犯。白境國王的形象在轉化，從過去的「競爭意識」轉化為搗蛋鬼的「實用意識」。

生命中的第二次婚禮

妻子不僅認出了他，也看見了他所受的苦。更要緊的，是白境國王成為一位混雜著異樣元素的國王，一個真正成熟的男性。他有理想、有手段，他曾嚮往成為父親，而後他超越了自己的父親。他變得更偉大，也更黑暗。

白境國王再次與阿尼瑪相遇，並且舉行了第二次婚禮。常有人問我再婚的問題，我想這個童話給出了很好的答案。重點並非再婚的對象或者婚姻的次數，而是雙方在關係中所到達的深度。

即便是同一個對象，我們也可以在象徵的層次上與他或她「再婚」，而那常常發生在某個嚴重的婚姻危機中。如果雙方都能勇敢且誠實地面對，危機就是使雙方更形緊密的第二次婚禮。

這次的婚禮很盛大，讓他們聲名遠播。也就是說，白境國王不需要再藉著衣著、排場或伴侶的美貌來突出自己的聲望，是他走過的路與付出的努力，以及這一路上的轉變才讓他成為具有聲望的國王。

相較於王子娶到公主，漁夫之子卻是一介平民，這篇童話無疑在鼓勵弱小的孩子，他們的內在都有一個勝過其出身的本質，他們無須對成人的世界感到害怕，每個孩子都會像白境國王一樣偉大。

給女性讀者的提醒：

年輕或單身的女性可能要注意你對男性的請求，異性之間樂於彼此協助，但不應利用對方的天真，無論男女，我們都要去看見自己在發出請求時的責任，以及這樣的期待從何而來。你和故事裡的每個女孩一樣都是公主，但你可能感覺自己和她們都困在陌生的土地裡動彈不得。換言之，女性的美好本質會因種種理由陷在迷霧中。

此處的土地象徵著黑暗母親，因此這則童話也再現了〈睡美人〉的主題。在〈睡美人〉裡，第十三位仙女所象徵的大母神死亡面向讓公主陷入了睡眠，而此處的公主們同樣因為不知名的原因在土地裡失去了自由。

不是每個路過的男性都有義務成為女性的白馬王子，如果我們忘卻了力量只能由自己的內心發出，那麼女人就無法讓內心的阿尼姆斯茁壯。期待施救者的同時，很容易把自身的力量讓渡出去。

如果你有孩子，你要知道孩子有時並非刻意忤逆你，他們對抗的，是他們內在的母親原型帶給他們的壓力，尤其男孩更是如此。他們需要你的愛，但也很需要父親的指引。為他們驕傲，但不要害怕他們受傷（或認為他們能力不足），如果有不熟悉的男性議題（無論是生心理都一樣），應該允許父親的介入與幫助。

小男孩更需要大肌肉的運動，也需要瞭解如何清潔自己的性器官（包皮），這是屬於爸爸的責任，父子間的遊戲有助於男孩熟悉自己的肢體運作，也有助於他們控制自己的力氣，以免在遊戲時不慎對其他同儕或更小的孩子造成傷害。

如精神分析師莫瑞．史丹所說的那樣，母親要願意將兒子引介給父親，幫助兒子將後者理想化，同時不讓兒子感到內疚或者被拋棄，那麼男孩就會以父親為榜樣，他的人格就會獲得進一步的發展。[3]

在通常情況下，女性比男性更富直覺力、更敏銳，也更有智慧。不要害怕在特定事務上承擔起引導伴侶的責任（尤其是各種關係議題），這些事男性本就知之甚明，他們都知道「聽某嘴，大富貴」（聽太太的話做事，你就會大富大貴），只是有時礙於面子不願承認。因此不要害怕提供建議給你的另一半，引導他們做決定。

白境王后就展現出了遠超過白境國王的神奇能力，童話暗示著，女性經常扮演男性伴侶的導師角色。

3 莫瑞・史丹（Murray Stein）著，王浩威譯：《男人・英雄・智者：男性自性追尋的五個階段》，頁46，台北：心靈工坊，2021。

第三章 壞人童話

故事裡的壞人是我們內心的黑暗面，他們是犯錯的人、受懲罰的人、但也是需要憐憫的人。壞人童話收錄的是《藍鬍子》與《紅鞋》，藍鬍子對背叛的過度反應意味著孤單已經侵蝕了他的心，而女孩凱倫對紅鞋的癡迷則暗示著她已成為了他人慾望的複製品。越被禁止的事情越想做，人性是禁不起測試的。

我們會在這一章介紹自卑情結、好奇心、心靈的自我照護系統、自我—自性軸、鏡映、傷殘與修復等概念。

藍鬍子[1]

從前的從前，有個男人他在城裡、鄉下都有好幾棟美麗的房子，他還有金銀餐具、繡花家具和幾輛鍍金的馬車。但不幸的是，這個男人留了一把藍色的鬍子。這讓他看起來很醜、很嚇人，女人、女孩見了他都想逃。

他有個鄰居是個身分尊貴的貴族夫人，她有兩個長得非常漂亮的女兒。他向貴族夫人表示要娶她女兒為妻，不過他讓貴族夫人決定要將哪個女兒嫁給他。但這兩個女兒都不願意做他的妻子，誰也不想有個藍鬍子的男人當丈夫。更讓她們反感的是，藍鬍子娶過好幾任妻子，卻沒人知道他這些妻子後來怎麼了。

1 夏爾・佩羅（Charles Perrault）著，邱瑞鑾譯：《法國經典童話故事：鵝媽媽故事集，開啟兒童文學先河作品》，台北：漫遊者，2022。部分用語略微修正。

藍鬍子為了讓彼此有更進一步的瞭解，便邀請這對姐妹和她們母親、她們的三四位好友，以及村子裡的幾個年輕人到他鄉間的一棟房子去，整整住了八天。在那裡，她們成天只是散步、打獵、釣魚，成天只是跳舞、辦宴會、吃吃喝喝。她們一個個都不睡覺，整夜玩樂。總之，一切都好極了。

妹妹開始覺得男主人的鬍子沒那麼藍了，而且覺得他其實是一位文質彬彬的紳士。她們一回到城裡，妹妹便嫁給了藍鬍子。一個月後，藍鬍子對他妻子說，他必須到外省去辦一件重要的事，至少要離開六個星期。他請她自己找消遣，找幾個朋友來這裡或鄉下的房子玩，不管到哪兒，她都可以好好享受。

他說：「這把是那兩間收藏用不著的家具的大庫房鑰匙，這把是收藏不是每天用得著的金銀餐具的鑰匙，這把是收藏我金幣、銀幣的保險箱鑰匙，這把是收藏著珠寶的小匣子鑰匙，還有這一把萬能鑰匙，它能打開所有房間的門。

「至於這把小鑰匙，它是一樓走道盡頭那間私人書房的鑰匙。不管哪一扇門你都可以開，到處都可以進去，但只有那間私人書房我不准你進去。如果你開了那間書房的門，你一定少不了要看我大發雷霆。」

她答應一定會遵守吩咐。兩人吻別後，他就登上馬車出發了。她的鄰居和朋友不等她來找，就跑到她家去。他們迫不及待想看看藍鬍子家的財富，她丈夫在家時，他們根本不敢上門，因為他們都怕他的藍鬍子。他們立刻參觀了所有的房間、書房、衣櫃，東西一件比一件豪奢。接著又參觀了收藏家具的大庫房，一件比一件華麗，都是世上罕見之物。他們非常羨慕這位朋友過得如此幸福。

但女主人的心思根本不在這些事物上面，她一心只想到一樓的私人書房一探究竟。她在好奇心的驅使下，急急丟下她的朋友，根本不顧這麼做是不是不禮貌。她從一個隱匿的小樓梯走下樓，因為走得太急，有兩三次差點摔斷自己的脖子。到了私人書房門口，她停下腳步猶豫了一會兒，她想到丈夫的禁令，不知道自己如果違背他的禁令，會遭遇到什麼惡果。但誘惑實在太大了，她抗拒不了。

於是她拿出小鑰匙，發著抖打開私人書房的門。因為書房裡窗扉緊閉，起先她什麼都看不見。不一會兒，她漸漸看見地板上沾滿了凝固的血跡，血跡映照出好幾個女人的死屍，一一掛在牆上。這些女人全是藍鬍子娶來的妻子，一個個都被他殺害了。

她很害怕，在抽出鑰匙時，鑰匙不小心從手上滑落。她慌忙撿起鑰匙，關上門，回到自己房間，好讓心情能夠平復。但她做不到，她實在太激動了。

她注意到小鑰匙上沾了血，便再三想要擦拭乾淨，卻怎麼也擦不掉。她把鑰匙拿去水底下沖洗，還用細沙和黏土用力搓磨，但血還是擦不掉。不管用什麼方法都無法將血跡完全抹去，這邊洗乾淨了，血跡又會出現在另一邊。

藍鬍子當天晚上就回來了，因為他在半路收到信，說他要處理的事已經圓滿完成。他的妻子裝出很高興的樣子。第二天，他向她討鑰匙，她把鑰匙都給了他，但手卻不住地發抖。他馬上就猜到了。

他問她說：「那把小鑰匙怎麼沒和其他鑰匙一起還回來？」

她回答：「我大概是把它放在樓上我的桌子上。」

藍鬍子：「別忘了要立刻還給我。」

她推託了幾次後，最後還是不得不把小鑰匙交給他。藍鬍子查看了這把鑰匙，對他妻子說：

「這鑰匙上怎麼會有血？」

「我不知道。」這可憐的女人臉色如死人般蒼白。

藍鬍子接著說：「你不知道，但我的心裡可清楚得很呢！你進了那間私人的書房！那麼好吧！你就進去吧！就在你看見的那些女人旁邊找個位置吧！」

她撲倒在丈夫腳前，哭著請求他原諒，說她會真心悔改，再也不敢不聽他的話了。美麗又悲痛的她所說的這番話，連大岩石都會為之柔軟。但藍鬍子的心比大岩石還堅硬。

他對她說：「你必得死，而且現在就得死。」

她眼裡噙著淚水對他說：「既然必得死，那請給我一點時間向上帝祈禱。」

藍鬍子回答：「好！我給你半刻鐘，但多一會兒都不行。」

她在一人獨處時叫來了自己的姐姐，對她說：「安娜！我的姐姐，請你上樓來。到塔樓的高處來，看看哥哥來了沒有。他們答應今天來看我，如果你看見他們，請他們快快趕來！」

姐姐安娜來到塔樓高處，可憐的妹妹不時對她喊著說：「安娜！我的姐姐安娜！你看到有人來了嗎？」

姐姐安娜回答：「我只看到陽光灑著金粉，草地綠油油。」

這時候藍鬍子手裡拿著一把大刀，咆哮著說：「你不下來，我就要上去了！」

他妻子回答：「拜託拜託，再一會兒就好。」接著她又低聲對姐姐說：「安娜！我的姐姐安娜！你看到有人來了嗎？」

姐姐安娜回答：「我只看到陽光灑著金粉，草地綠油油。」

藍鬍子吼著說：「你快下來，不然我上去了！」

他妻子說：「我這就下來。」然後她又問姐姐：「安娜！我的姐姐安娜！你看到有人來了嗎？」

姐姐安娜回答：「我看到那邊塵土飛揚。」

「是哥哥們嗎？」

「唉呀不是，我的妹妹，是羊群經過。」

藍鬍子吼著說：「你還不下來？」

他妻子回答：「再一會兒就好。」然後她又問姐姐：「安娜！我的姐姐安娜！你看到有人來了嗎？」

「我看見兩名騎士往這邊來了，不過他們人還很遠……」不一會兒，姐姐安娜嚷著說：「上帝保佑，那是我們的哥哥。我向他們揮揮手，要他們快快趕來。」

藍鬍子怒吼起來，吼得連整間屋子都震動了。他可憐的妻子走下來，哭著撲倒在他腳邊，頭髮散亂。

藍鬍子說：「這麼做也救不了你。你必得死。」

然後他一手抓住她的頭髮，另一手高舉大刀，作勢要砍下她的頭。可憐的妻子轉過身，以垂死的目光看著他，懇求他再給自己一點時間默禱。

他說：「不行，不行，把你自己託付給上帝吧！」說著他便舉起手臂，就在這個時候，有人用力敲著門，藍鬍子不得不停止動作。門打開來後，走進兩名騎士，他們持著劍，直直衝著藍鬍子而來。

藍鬍子認出了他們是他妻子的哥哥，一位是龍騎兵，另一位是火槍手。他立刻逃命，但這兩位騎士緊緊跟在他身後，在他跑到門外台階前就抓住了他。他們劍一揮，就殺死了他。可憐的妻子幾乎跟她丈夫一樣沒命，根本沒力氣站起來抱抱她的哥哥。

藍鬍子並沒有子女，所以妻子繼承了他全部的財產。她把一部分財產分給姐姐安娜當嫁妝，讓她嫁給一名她仰慕已久的年輕貴族，另一部分財產則幫哥哥們買了隊長的官職。她還用剩下的錢將自己嫁給一位紳士，這位紳士讓她忘記了過去與藍鬍子相處的那段恐怖時光。

故事解析

禁忌的房間

說到恐怖童話，〈藍鬍子〉是最令人印象深刻的。他的主題如作者佩羅所言是好奇心，同時也是許多分析師指出的，一個存在禁忌的房間。

在童話故事〈費切爾的鳥〉中也有極類似的主題，壞巫師將自己扮成了乞丐，只要遇到願意施捨他的女孩，他就會將其擄走，並向其展示自己的富有，交給她一顆蛋及一串鑰匙加以保管。壞巫師會告誡她每個房間都能打開，唯獨小鑰匙所掌管的房間不可以進去偷看。

那些打開禁忌房間的女孩會看見一個血盆，裡頭裝滿了女性的屍體殘肢。女孩驚慌之餘掉落了蛋及鑰匙，使其沾上血跡，從而被巫師發現後並殺死。故事的最後是一個聰明的小女孩拯救了兩個姐姐，並殺死了巫師和他的朋友們。她雖然打開了禁忌的房間，卻事先將蛋收好，並未隨身攜帶。很顯然，這裡談的是女性該如何應對內在的邪惡男性，負向的阿尼姆斯。[2]

描寫性與犯罪的童話？

與〈費切爾的鳥〉所展現的樂觀不同，藍鬍子中的妹妹並未表現出機警與智慧。分析師布魯諾．貝特罕的評語令人印象深刻，他認為無論從任何角度來看，我們都看不見故事中的任何人得到了成長。[3]

在禁忌的房間內，妻子看見的究竟是什麼？那些在藍鬍子離開後立刻前來遊樂的賓客是誰，為什麼他們沒有在藍鬍子想殺死妻子後加以援救？貝特罕認為，這些證據都指向了妻子的偷情事實以及隨之而來的焦慮，因此這是一篇跟性與犯罪有關的童話。從精神分析的觀點來看，鑰匙象徵著陰莖，而鑰匙上的血之所以沾染後無法清除，就意味著處女的身分一旦失去就無法回復。[4]

2 呂旭亞著：《公主走進黑森林》，頁140—141，台北：心靈工坊，2017。
3 布魯諾．貝特罕（Bruno Bettelheim）著，王翎譯：《童話的魅力》，頁445—450，台北：漫遊者，2020。
4 同註3。

順著他的分析，我們甚至可以說，童話特別提及這是一把書房的小鑰匙，意味著藍鬍子有一根比較小的陰莖，而這與他的身分極不匹配，正是他的自卑帶來了自大，因此他才擁有那麼多的財富與華麗的家具、珠寶等等。他非常害怕妻子嫌棄他的缺陷，因此他才叮囑妻子，萬萬不可打開那個房間，換言之，他希望她能保守這個祕密。

不可告人的自卑情結

若如此，與其說這篇童話談的是性與偷情，不如說它談的其實是一個男性的自卑情結。為了消弭自卑感，藍鬍子累積了許多財富，且毫不吝惜向人誇示，也要妻子向他的朋友們誇示。童話特別強調，他的藍鬍子讓他看起來長得很醜。也就是說，他有一個不恰當的，讓人不舒服的男性特徵。

我們知道，鬍子象徵著男性的力量。在日本神話裡，天照大御神的弟弟，惡神須佐之男命在大鬧天宮後被眾神捉住，處罰他的方式之一就是剪掉鬍子，然後被送往人間。鬍子顯然就是他力量的來源。一旦削去他的毛髮，他就會喪失自信，以及回到天界的能力。[5]

聖經故事中的大力士參孫（Samson），能徒手殺死雄獅，是猶太人的戰爭英雄。但驕傲的他卻將自己戰無不勝的祕密洩漏出去給壞女人大利拉（Delilah）知道，結果導致頭髮被剪掉，失去了力量。他被挖去雙眼囚禁在非利士人的監獄，直到他向上帝懺悔為止。

藍鬍子的醜陋就與此有關，他怪異的鬍子象徵著因自卑而帶來的狂妄與自大，因此他的自卑感才是房間裡真正的禁忌。

好奇心與擴展認知邊界的需要

但為什麼知道是禁忌，我們依舊想要打開呢？童話裡充滿了各種與好奇心有關的主題。但無一例外的是，好奇心常常誤事。

5 參見拙著：「神話裡的心理學」，二〇二一年線上講座講義，未出版。

日本童話〈鶴的報恩〉中，老夫妻偷看了少女織布的房間，導致少女化成羽鶴離開。日本神話中，創世神之一的伊邪那岐在黃泉點起火把偷看了伊邪那美的臉孔，使後者從此化為死亡女神，失去了復活的機會。山幸彥偷看了妻子生產的房間，發現妻子原來是一隻大鱷魚，從此妻子就回到海中，不復相見。

在西方，除了〈藍鬍子〉、〈費切爾的鳥〉重點描述了好奇心外，童話〈特魯德夫人〉、〈美麗的瓦希麗莎〉也都有相似的母題。但瓦希麗莎卻沒有成為好奇心的俘虜，她在進到恐怖女巫巴巴雅格位於黑森林深處的房子後，所詢問的三個問題都跟房屋外的事情有關，絕口不提房間內看見的怪事。換句話說，她節制了對黑暗中心的興趣。

這裡有必要先談談好奇心。

好奇是每個健康的孩子的基本態度。心理學家馬斯洛早早就看見了這一點，他將之稱為「認知的需要」。他認為，認識新事物會為我們帶來純粹的快樂與原始的滿足感，同時也會帶來力量，這是為什麼統治者會希望人民保持無知。傑出的人總是勇於擴展認知的邊界，而弱小、從屬和低自尊狀態則會抑制認知的需要。

在課堂上，真正聰明的學生會積極地提問，造成紀律的挑戰。因而認知本身在潛意識裡也意味著支配、征服與控制。換言之，認知是自我肯定的一種行動。它會幫助我們把不熟悉的、隱藏的或意外的東西變得可控、好處理，所以好奇具有成長與降低焦慮的功能。

好奇的危險性

因此，好奇其實會擴大自我的領域，將未知的世界納入己身之中。就以各位讀者為例吧！相信您對本書的許多童話都耳熟能詳了，又是什麼讓您決定翻開本書呢？可能是因為好奇這些熟悉的故事還藏有什麼祕密的緣故吧！

從此點而言，禁忌並不能抑制焦慮，打破禁忌才能減少焦慮。若是如此，為何童話裡似乎對好奇帶著貶抑呢？

童話裡所談的，首先是請我們牢記人際的界線。因為好奇會帶來行動，行動卻容易帶來誤解或對抗。雖然現在很流行這樣的說法，認為陪伴比解決問題還重要。但朋友之間若因為好奇而去知悉對方的情況，可能會讓對方覺得隱私受到侵犯，或自尊心受到貶低。畢竟我們難免希望他人在知悉自己的困境後，能協助處理我們的困難。

同時，因為好奇是一種力量的展現，所以也會讓他人覺得在關係裡失去了力量，彷彿他是一個被充分探索的、失去奧祕的世界，從而讓關係失去對等，信任因此轉為嫉恨。好友之間之所以容易反目成仇，就有這層原因在內。無論是好奇還是同情，我們都要務必注意，因為它很容易損傷當事人的自救能力。

心靈的自我照護系統

其次，童話告誡我們，潛意識裡頭經常有不太安全、難以面對的內容，那會損害自我，危及對現實的適應。

從心理層面來說，禁忌的房間總是位於城堡或房子的深處，就此點而言，它的意義跟女巫巴巴雅格的家位於黑森林深處一樣，都象徵著潛意識的中心。那裡是原型的所在地與神話的土壤。那裡也是惡魔與神靈的居所，在我們受到創傷時，它會展現保護我們的力量，分析師唐納．卡爾謝將它稱為「自我照護系統」（Self-Care System），守護該處的人則是《神曲》中的地獄之王狄斯（Dis）。[6]瀕死時刻的顯靈現象就是其中之一，但我們的「自我照護系統」也會為我們帶來傷害，使人陷於瘋狂。

原型的集體性與超越性註定凌駕在個人之上，和巴巴雅格一樣，藍鬍子就是這個地方的守護者。當妻子打開房間後，她看見了許多女性的屍體。從最直觀的角度來說，這個情節可以思考成男性對女性展現的暴力。但同樣可以思考成，妻子看見了潛意識中心的恐怖。而它的守護者藍鬍子因此也象徵著地獄之王。

藍鬍子已經告誡過妻子，她的好奇必須有節制，她可以打開大大小小每個房間以及藏有珍寶的匣子，只有最後一間書房不在同意之列。而妻子也答應了他，他們雙方已經完成了契約。因此只把這段描述視為男性對女性的暴力似乎是不夠的，因為藍鬍子的憤怒顯然還包含了信任的破壞。

進一步來思考，如果那裡真的不該進入，他為何將鑰匙交給妻子呢？藍鬍子顯然預見了事情的後果，也清楚妻子受不了誘惑。童話暗示著，人類擁有探索潛意

6 唐納．卡爾謝（Donald Kalsched）著，連芯、徐碧貞、楊菁薷等譯：《創傷與靈魂》，頁42—48、頁158—166，台北：心靈工坊，2022。

識裡每個角落的自由與能力，雖然這份能力很危險，但我們就是不由自主地想要濫用，想瞭解黑暗中心的祕密。

它的危險之處在於裡頭的瘋狂與恨很容易佔有我們的心智，我們因此出現妄想，認為不同意自己的人都是敵人，將他人無心的言語視為惡意的挑釁或刻意的騷擾。它讓人的精神狀態崩潰，即便我們的外表看起來仍然像個正常人。但只要一點引誘，例如聽到某句話，或在網路上看到跟自己相異的觀點，它就會突破我們「理性」的外表，將我們徹底變成一個偏執狂（paranoid）。各種網路上的黑粉、噴子、槓精、戰神，都反映了這樣的現象。

姐姐安娜：唯一有名字的角色

有意思的是，女主角本人並沒有名字，童話裡只是叫她「可憐的妻子」。唯一有名字的女性，是她的姐姐安娜。甚至連藍鬍子也都不能算是正式的名字，只是生理特徵的描述，也就是說，姐姐才是童話裡的主角。這個細節同樣值得玩味。

台灣也流傳著姐姐才是主角的故事（而不是多數童話中的妹妹），那便是虎姑婆。在故事中，姐妹兩人與母親住在深山裡過著平靜的生活，直到有一天母親有事情要下山，只留下兩姐妹顧家，結果出現了一個自稱是兩人伯母的女人來敲門。

妹妹不疑有他，親熱地跟她一起洗澡和睡覺，結果成為了虎姑婆的晚餐，但姐姐卻自始至終便對伯母感到懷疑。很明顯地，虎姑婆是我們先前談到的，一位黑暗的大母神。姐妹之間對黑暗大母神所拉出的距離，決定了她們的不同結局。[7]

藍鬍子同樣告訴我們，姐姐比起妹妹，更不受到財寶與美麗莊園的吸引，她敏銳地感知到藍鬍子那過剩並有害的陽性能量。她在引誘之前設下了界線，但妹妹卻決定成為他的妻子。

因此童話裡藍鬍子與妹妹都沒有名字，因為他們都沒有活出自己的個體性。藍鬍子活在自卑與過度補償之中，妹妹則活在有害的阿尼姆斯的引誘之中。我們在現實中很容易看見女性受到這類阿尼姆斯所吸引，她們會愛上追求危險與刺激的男人，這類男人正如藍鬍子那樣，活在對自卑的過度補償裡。

7 鐘穎著：《臺灣傳說的心靈探索：虎姑婆與在地故事集》，頁36—38，新北：楓樹林，2023。

他們迷失在對拉風、掌聲、讚數或各種關注的索求，從而忘了面對索求的源頭。禁忌房間內的屍體，正是這些受到誘捕的女性。

塔樓的高處與成熟的自我

姐姐安娜因此在關鍵時刻成為被求助的對象。她是一個略微年長的女性，象徵著更多的社會化歷練，或者較為成熟的自我。我們身邊都有這樣的同儕或學長學姐，他們更能看清問題的實質，更能知道什麼該要、什麼不能要。他們是我們的益友，提醒我們何時應該踩煞車，為我們引進資源、出謀劃策。

也正是藉由姐姐安娜，妹妹才能知道哥哥來了沒，因為姐姐站在「塔樓的高處」，擁有更好的視野。這意味著姐姐是我們內在較成熟、較具高度的那一面。妹妹多次呼求姐姐，代表幼稚的自我正在面臨危機，也正在死去，成熟的自我正開始運作，並積極探訪資源。

在哥哥們正式來到之前，姐姐錯將羊群看成了他們。童話塑造的緊張感讓讀者知道成長總是性命攸關，命運常常要到最後一刻才會揭曉自身。接在羊群之後來到的是哥哥，身為騎士的他們抵達了大門，為藍鬍子的命運敲響了喪鐘。

正直戳破假自尊

如果一個人的自尊心是用膨脹感撐起來的，他在正直的人面前往往不堪一擊。哥哥們的騎士身分就象徵著後者。自大的人容易被看穿，因為他們的言論裡有太多過於簡單的陳述。例如「誰如何如何，我就如何如何」，「要是怎樣，我一定怎樣」。那給人的感受不是勇氣，而是吹噓或者自我安慰。

就是這種被正直所看穿的瞬間，才讓藍鬍子一下子就死在兩個哥哥的手下。真正的底氣不是虛張聲勢唬出來的，是依循某種標準反覆實踐出來的。只是我們的社會似乎太強調外在成就的獲得，認為那是增強自尊或自信的唯一方式，很少教人它究竟是怎麼回事。

它其實跟紀律、守信、樂觀及其他品質相連，跟物質多寡反而相對無關。

此外，藍鬍子也是一個錯把面子當尊嚴的人。許多人分不清這兩者的區別，它們的區別是：面子是別人給的，尊嚴是自己給的。別人不給，我們就會失去面子，但只要自己給，我們就不會失去尊嚴。

那麼，我們回頭來思考最一開始的問題。這篇童話裡真的沒有任何人得到成長嗎？沒錯，藍鬍子似乎是個悲劇性的角色，這一點我後面會另外加以闡述。但妻子確實成長了，她成長的證據就在她對成熟自我，也就是對姐姐安娜的呼喚，這個劇情被許多人所忽略，彷彿妻子的存在與行動不值得討論，這點相當可惜。

做出不同選擇，有著不同性格的姐妹或兄弟是童話裡很常見的原型，讀者只要稍加留心，肯定還能找出許多例子。

男性對女性的深層恐懼

另外一個乏人關注的面向就是藍鬍子本人，至少討論的人依舊不多。這篇童話常被視為女性是如何面對男性無情地在社會中所展現的暴力。但不要忘了，這篇童話的名字是「藍鬍子」，並不是妻子。因此我們若能從藍鬍子這個集體的男性形象為主角去解析，肯定也能對男性讀者所面臨的情況有助益。

那麼，從男性的角度來說，藍鬍子在表達什麼呢？

很顯然，這篇童話想訴說的，是男性對女性的深層恐懼。藍鬍子一再迎娶少女新娘，卻一再受其背叛，他對女性的憤懣與懷疑可說是溢於言表。但令人好奇的是，如果他那麼憎恨女性，為什麼又要向鄰居的姐妹求婚呢？

可以這麼說，阿尼瑪令男人歡喜，也令他們瘋狂。這種矛盾的心情讓男人恐懼，也讓男人無所適從，這樣的衝突或許是造成性無能或性虐待的一種原因。我們在許多當代男性中都見到這種現象，他們更貪愛二次元的對象，面對AV女優的誘惑，他們才能勃起，才能產生性慾，才能將想像化為現實。但面對真人，他們的感受卻是「好麻煩」。

其實他們說的不是好麻煩，而是「我害怕」。

神話之所以屢屢以男性為主角，屢屢以女巫作為需要被打敗的對象，正好證實了這樣的恐懼。故事鼓勵男性勇敢，去面對心中令人畏懼的阿尼瑪。

只有藉由破解女巫的魔法，拯救少女與公主，男性才可以成功拒絕女性的死亡意象，收穫女性的生命意象。乍看之下，男性重新找回了自己的阿尼瑪，但只找回半個。另外半個還在伺機而動，因為破除女巫的魔法，不代表女巫不會復返。她們永遠活躍在潛意識裡。

大自然的棄嬰與羞愧的男性

可以這麼說，男性的心中都有一間不可擅自開啟的房間，那就是女性的死亡意象。新娘的屍體之所以要藏匿，是因為女性的死亡意象令藍鬍子恐懼，他只能面對女性的生命意象，卻不敢面對女性的死亡意象。

誰要是揭露他恐懼女性的祕密，他就會殺死誰。而這份恐懼也可以恰如其分地用之前討論過的精神分析觀點來解釋，小鑰匙意味著男人的小陽具，或是面對女性時的自卑感。男人性高潮的時間如此短，因此在女人面前，他們只能是個失敗者。而這項祕密需要女性來保護。

此外，雖然佛洛伊德認為女性渴望擁有男性的陽具，但倒不如說男人想要得到女人的生育力，因此男人才傾向四處留情，這是將佔有阿尼瑪生命意象的慾望加以「演出」(act out)，也就是檯面化的結果。

男人不知道如何創造生命，因為他們是大自然的棄嬰。男人不具備女性那樣的生理時鐘，也就是月經週期，來提醒他們其實是自然生命的一分子。

所以男人貪戀母愛，因為母親是他們接觸過的第一個，也是最偉大的生命意象。但他們卻永遠無法擁有那樣的能力。母親也因此更眷戀男孩，因為她們曾經慷慨地給出過生命，因此可以自然地敏察到男孩與她的差異。

換言之，男人貪戀母愛，是因為他們無法成為母親。而母親偏愛男孩，是因為悲憫他們無法成為自己。

男孩的陽性特質會隨著年紀漸長而磨損，成功與阿尼瑪合作的人會發展出圓融的特質，但藍鬍子不是這種男人。房間內的新娘屍體告訴我們，他的努力並沒有成功，面對阿尼瑪的失敗令他羞愧，因此才要加以隱藏。

陰影對待我們的態度，就是我們對待陰影的態度

就這點而言，房間內的屍體是藍鬍子不敢直視的女性面，也是他的陰影。而我們知道，陰影對待我們的態度，就是我們對待陰影的態度。

他將陰影視為令人恐懼的屍體，是使人死亡的催命符。那麼，陰影自然也會用相同的態度看待他。這解釋了藍鬍子的結局，他死於妻子（亦即陰影）的兄弟之手。換言之，陰影有能力反擊。

藍鬍子總是向外展示他事業有成，他為人欽羨的那一面。這樣的人很難意識到自己的錯誤，正如《約伯記》的記載。約伯自認是個義人，享有幸福、健康、財富與好名聲。直到上帝與撒旦合謀，讓他遭遇各種看似「不公」的苦難，使他受人譏笑，看看他是否會因此詛咒上帝。

換句話說，上帝用這些苦難向約伯揭示，即使受人敬重如他，也有一個不敢示人的小房間。個體化的推動，往往會推翻我們自以為的正確，它會奪去我們立身的根基，向我們展示自己的脆弱與擔憂。藍鬍子的暴怒正與約伯一樣，他在憤懣中開始向上帝提出質疑。

「把你的手縮回，遠離我身；又不使你的驚惶威嚇我。這樣，你呼叫，我就回答；或是讓我說話，你回答我。我的罪孽和罪過有多少呢？求你叫我知道我的過犯與罪愆。你為何掩面、拿我當仇敵呢？」

如果我們自以為「義」，那我們就將自己等同於上帝。換言之，自我將他等同於自性，這是膨脹的一種表現。從古至今，我們都很容易掉入這個陷阱。

能看見自己的髒汙，我們的心才是乾淨的

我們會認同某種意識形態，認同某種社會潮流，選定某種立場，然後將自己置身其中，從而在那裡找到接近於宗教性的確信。就是這份確信帶來不寬容，而且指出了我們的內心其實缺乏確信。有多少愛就有多少恨，有多少確信就有多少懷疑。

能意識到懷疑的人才能體驗到自性，那個更大的我。因為他們經驗到了對立，並因此受苦。反之，只能認識到「正確」的人，反而會離完整很遠。

「清心的人有福了，因為他們必得見神」。分析師艾丁傑認為，所謂的清心指的就是意識，正因為能意識到我們的陰影或個人立場的對立面，我們才是純潔的。[8]只有能看見自己的髒汙，我們的心才是乾淨的。而那些看不見的人，則像是穿了一條破掉的褲子而不自知。

---

8 愛德華・艾丁傑（Edward F. Edinger）著，王浩威、劉娜譯：《自我與原型》，頁227，台北：心靈工坊，2023。

他們會反覆地在他人身上看見自己的錯誤，甚至要根本不匹配的他人配合演戲。在心理學裡，我們把它稱為「投射性認同」，也就是將自己內心的議題投射在外界，迫使他人按照內心的劇本去扮演他安排的角色。

在這樣的防衛機制下，藍鬍子使女性成為迫害者，而他則陷在受害者情境中無法自拔。我們如果不認真寫完自己人生的功課，那些功課就會重複出現。有些人的問題是性，有些人的問題是關係，有些人的問題是金錢，不一而足。這就是藍鬍子反覆娶妻的原因。

藍鬍子同時反映了男人對女人既愛且恨的矛盾心理，以及女人時常得面對男性所隱藏起來的自卑與暴力，這篇童話的驚悚之處就在這裡。

給善良讀者的提醒：

人有一種心理傾向，叫做模糊厭惡（ambiguity aversion）。比起未知的風險，我們更寧願選擇已知的風險。這是為何藍鬍子的妻子寧願選擇看起來有些可怕的丈夫，因為他的缺陷明顯可見，她不需要忍受任何模糊。

嫁給一個熟悉缺點的人，比嫁給不知道在哪裡的對象更令人放心，因為不確定性意味著受苦。我們更偏愛眼前熟悉的事物，這也是人總是短視，很難考量長遠利益的原因，而這樣的心態稱為「確定性效應」（certainty effect）。

正是這個效應，才讓我們必須忍受那個總是在辦公室耀武揚威的同事，或者毫無成長的薪資。因為比起轉換新職場，你更想待在熟悉的地方。那裡一切都確定無疑，老屁股還是老屁股，做事的永遠是你。

走出舒適圈，你才可能遇見更好的人。無論是選擇伴侶、工作，還是選擇離開傷害你的閨密。舒適圈外遇見的那些人，更有機會提供心動的選項。因此，所謂的壞人並不見得在舒適圈外，他可能就在圈裡，走出去，你可能會意外地發現，你以為的舒適圈根本就不舒適。是你的善良，才讓這個圈子「看起來」很舒適。

此外，藍鬍子如果不願意妻子打開他的小房間，就不該將鑰匙交給她保管，要是你希望對方不去注意到某件事，最好的方法是根本不要提起它。因為人有一種「越不能想，越會去想」的心理傾向。當你越想壓抑某種念頭，這種念頭越容易浮現，心理學家將此現象稱為「白熊效應」。我們的內心都難免住著一個自卑的藍鬍子，但和你以為的不一樣，多數人並不會注意到我們的缺陷或犯的錯誤，過分關注它的其實是我們自己。

故事也可以換個角度來談。每個人都有祕密，都有過去。當我們將某人視為「壞人」時，依照的是他特定的事蹟，但那不是他的全部。在其他人的觀點裡，藍鬍子或許是大方、慷慨，且樂於分享的富豪。只是因為外貌奇特，令人不敢親近。更不用說，他的妻子總是違背他的信任，所以他或許覺得自己一直很孤單。尤其童話在第一段的最後一句就已經告訴讀者，「女人、女孩見了他都想逃。」這意味著藍鬍子在親密關係中總是感到很挫折。

孤單有時會帶來邪惡，它侵蝕我們的心，因此讓我們不自覺地想讓他人受苦。只有藉由讓他人受苦，孤單者才會覺得「公平」，這是他們求助的方式，但對這個世界和他周遭的人卻帶著破壞性。

壞人常常是孤單的人，我們不知道是哪一個造成了哪一個。其實也沒有必要追根究底，重要的是好好地跟自己連結。我想多數治療師都會同意，孤單很少源於跟他人失去連結（disconnect），而是與自己失去連結。藏著屍體的房間，同時也藏著藍鬍子對自己與世界的失望。

紅鞋[1]

從前有一個小女孩，非常可愛且漂亮的小女孩。不過她夏天得打赤腳走路，因為她很貧窮。冬天她拖著一雙沉重的木鞋，腳背都磨紅了。

在村子正中央住著一個年老的女鞋匠。她用舊紅布片，盡她最大的努力縫了一雙小鞋。這雙鞋的樣子相當笨拙，但她的用意很好，因為這雙鞋是為這個小女孩縫的。這個小女孩名叫凱倫。

在她的媽媽下葬那天，凱倫得到了這雙紅鞋。這是她第一次穿鞋。的確，這不是服喪穿的鞋子，但她沒有其他鞋子，所以她就穿著這雙鞋跟在簡陋的棺材後面走。

1 安徒生（Hans Christian Andersen）著，葉君健譯：《安徒生故事全集》，台北：遠流，2005。部分用語略微修正。

這時突然有一輛很大的舊車子開了過來，車裡坐著一位老太太。她看到了這個小女孩，非常可憐她，於是對著牧師說：「把這小女孩交給我吧！我會待她很好的。」

凱倫以為，這是因為她穿著那雙紅鞋的緣故。不過老太太說紅鞋很討厭，所以把這雙鞋燒掉了。凱倫開始穿起乾淨整齊的衣服。她學著讀書和做針線，別人都說她很可愛。然而她的鏡子說：「你不僅可愛，而且十分美麗。」

有一次，王后要旅行全國，帶著小公主一起去。老百姓都擠到宮殿門口看熱鬧，凱倫也擠在中間。小公主穿著美麗的白衣服，站在窗子裡面讓大家看。她雖然沒有戴王冠，卻穿著一雙華麗的紅色皮鞋。比起女鞋匠做的那雙鞋子，小公主的紅鞋漂亮多了。世界上沒有什麼東西能跟紅鞋相比。

現在凱倫已經長大，可以受堅信禮了。她將會有新衣服可穿，也會得到新鞋子。城裡一個富有的鞋匠把她的小腳量了一下，他的鞋店中有許多大玻璃架子，裡面陳列著許多整齊的鞋子和擦得發亮的靴子。這全都很漂亮，不過老太太的眼睛看不清楚，所以不感興趣。在這些鞋子中有一雙紅鞋，跟公主穿的一模一樣。「它們是多麼美麗啊！」鞋匠說，這是為一位伯爵小姐做的，但不太合她的腳。

「那一定是漆皮做的，」老太太說：「因此才這樣發亮！」

「是的，發亮！」凱倫說。

鞋子很合她的腳，所以她買了下來。不過老太太不知道那是紅色的，否則她不會讓凱倫穿著紅鞋去受堅信禮。但凱倫卻穿了。

所有人都在看著她那雙腳，當她在教堂裡走向唱詩班門口時，她覺得那些墓石上的雕像、戴著硬領和穿著黑長袍的牧師，以及他們太太的畫像都在盯著她的紅鞋。牧師把手擱在她的頭上，講著神聖的洗禮、她與上帝的誓約及當一個基督徒的責任時，她的心中也只想著這雙鞋。風琴奏出莊嚴的音樂，孩子們悅耳地唱著聖詩，但凱倫只想著她的紅鞋。

那天下午，老太太聽大家說那雙鞋子是紅色的，她說這未免也太胡鬧了，因此告訴凱倫，以後去到教堂，必須穿著黑鞋子，即使是舊的也沒關係。

下個星期日要舉行聖餐，凱倫看了看那雙黑鞋，又看了看紅鞋，她再一次看了看紅鞋，最後還是決定穿上那雙紅鞋。

太陽照耀得非常美麗。凱倫和老太太在田野的小路上走，路上有些灰塵。

教堂門口有一個殘廢的老兵，拄著一根拐杖站著。他留著一把奇怪的長鬍子，是紅色的鬍子。他問老太太說，他可不可以擦她鞋子上的灰塵。凱倫也把她的小腳伸出來。

「多美麗的舞鞋啊！」老兵說：「你在跳舞的時候穿它最合適！」於是他用手在鞋底敲了幾下。老太太送了幾個銀幣給老兵後，就帶著凱倫進教堂了。

教堂裡所有人都望著凱倫這雙紅鞋，所有的畫像也都看著它們。凱倫也只想著她的紅鞋，她忘了唱聖詩，忘記了禱告。

現在，大家都走出了教堂。老太太走進她的車子裡，凱倫也抬起腳踏進車子裡，這時站在旁邊的老兵說：「多美麗的舞鞋啊！」

凱倫禁不起這番讚美，她要跳個幾步。但她一開始跳就停不下來了，這雙鞋好像控制了她的腿，她繞著教堂的一角跳，她停不下來。車夫不得不從後面把她抓住，抱進車子裡。不過她的一雙腳仍在跳，還踢到了老太太身上。最後他們不得不脫下她的鞋子，才使她的腿安靜下來。

這雙鞋子被收在櫥櫃，但凱倫忍不住要去看看。

後來，老太太病倒了，大家都說她大概不會好了。她需要有人照料，而那個照護者應該是凱倫。不過，此時城裡有一個盛大的舞會，凱倫也被請去了。她看了看這位好不了的老太太，又瞧了瞧那雙紅鞋，然後她穿上了紅鞋，想要去參加舞會。她開始跳起舞來。

但當她要右轉時，紅鞋卻向左邊跳。當她想向上走的時候，鞋子卻向下跳，走下樓梯、走到街上、走出城門。她舞著，而且不得不舞，一直舞到黑森林裡去。

樹林中有一道光，她看見了那個有紅鬍子的老兵。他正坐著，點頭向她說：「多美麗的舞鞋啊！」

凱倫害怕起來，想把這雙紅鞋扔掉。但它們扣得很緊，於是她扯著襪子，但鞋子已經黏上她的腳。她跳起舞來，而且不得不跳到田野和草原，在雨裡跳，在太陽下也跳，在夜裡跳，在白天也跳。最可怕的是在夜裡跳。

她跳到一個教堂的墓地裡，不過那裡的死者並不跳舞，她想在一個窮人的墳頭上坐下來，但沒辦法。當她跳到教堂的大門口時，她看到一位穿著白長袍的天使，她的翅膀從肩上一直拖到腳下，她的面孔莊嚴而沉著，她的手中拿著一把明晃晃的劍。

「你得跳舞啊！」她說：「穿著你的紅鞋跳舞，一直跳到你發白、發冷，跳到你的身體乾縮成一具骸骨。你要從這一家跳到那一家，你要到一些驕傲自大的孩子們家裡敲門，好叫他們聽到你、怕你！你要跳舞，不停地跳舞！」

「請饒了我吧！」凱倫叫了起來。

不過她並沒有聽到天使的回答，因為這雙鞋把她帶出門，帶到田野上去了，帶到大路和小路，她得不停地跳舞。

有一天早晨，她跳過一個熟悉的家門口，人們從裡面抬出一口棺材，這時她才知道老太太死了。她覺得自己受到了遺棄，被天使責罰。

她跳著舞，在漆黑的夜裡跳舞。這雙鞋帶她穿過多刺的野玫瑰，這些東西把她刺得流血。她在荒地上跳，一直跳到一個孤伶伶的小屋子前。她知道這兒住著一個劊子手。她敲著玻璃說：「請出來吧！請出來！我進不去，因為我在跳舞。」

劊子手說：「你可能不知道我是誰吧。我就是砍掉壞人頭的人，我已經感覺到自己的斧頭在顫動。」

「請不要砍掉我的頭。」凱倫說：「如果你這樣做，我就不能懺悔了。請你把我這雙腳砍掉吧！」

於是她說出了她的罪過，劊子手砍掉了她的雙腳。但這雙鞋帶著她的小腳，一直跳到漆黑的森林裡。他為她配了一雙木腳和一根拐杖，同時教她一首死囚們常唱的聖詩。她吻了劊子手的雙手，決定到教堂去。

當她到了教堂，卻看見那雙紅鞋在跳舞，她感到害怕，只好走了回來。

她悲傷地過了一週，流了許多眼淚，當星期日到來時，她決定再去一次，但那雙紅鞋還是在教堂門口跳舞。這時她又害怕起來，馬上往回走，同時虔誠地悔過。

她前往牧師家中，請求當幫傭，她會勤懇地工作，除了住處外不求回報。牧師的太太憐憫她，收留了她。夜晚，當牧師高聲朗誦《聖經》時，她就靜靜地聽。這家的孩子都喜歡她，但在聊到衣服、排場和她如同王后般的美麗時，她就搖搖頭。

第二個星期天，這家人邀請她一起去教堂。她眼含淚珠，看著自己的拐杖，於是這家人只好自己去了。她孤獨地回到小房間，拿著一本《聖經》的詩集，用虔誠的心讀裡面的字句。風把教堂的樂聲送了過來，她抬起被眼淚潤濕的臉龐說：「上帝啊！請幫助我！」

這時，太陽正明亮地照著。一位穿白衣的天使，也就是某天晚上她曾在教堂門口見到的天使，在她面前出現了。不過她手中不再拿著那把銳利的劍，而是拿著一枝開滿了玫瑰花的綠枝。

她用它輕觸了一下天花板，天花板立刻升高，凡是她所觸碰的地方，就有一顆明亮的金星出現。她輕觸了一下牆，牆立刻分開，這時，女孩看到了那架奏著音樂的風琴和繪著牧師及牧師太太的古老畫像。做禮拜的人正在唱著聖詩。若不是教堂自動來到了這間狹小的房間，就是她來到了教堂裡面。她和牧師的家人正坐在一起，他們唸完聖詩後抬起頭：「凱倫，你也來了。」

「我得到了寬恕。」她說。

風琴奏著音樂，明朗的陽光射進她所坐的位置。她的心充滿了陽光、平和與快樂。她的靈魂騎在太陽的光芒上飛進天國，再也沒人問起她那雙紅鞋。

紅鞋情結的遠因

一雙穿上去後就無法脫下來的紅鞋是許多人幼時的恐懼之一。安徒生坦言，這個故事源於他自己的經歷，他小時候曾得到一雙新靴子，他驕傲地穿著它進教堂，刻意製造各種聲音，他為此很得意。但不久後，安徒生就突然感覺到自己的不虔誠，因為他的念頭都集中在靴子，而不是上帝身上。這段回憶使他寫下了這篇故事。[2]

但這篇故事卻包含了更多元素，首先讓我們注意到的，就是故事裡頭其實出現了三雙紅鞋。

第一雙紅鞋是凱倫年幼時，由一名好心的女鞋匠特地做給她的，這位年老的女鞋匠使用的是舊紅布片，但故事強調，紅鞋的樣子雖然笨拙，卻用意良好。當她穿著這雙舊紅布所製成的紅鞋參加母親的葬禮後，卻被收留她的老婦人給燒掉。這裡相當重要，因為此事種下了日後她對紅鞋的慾望，或者這麼說，紅鞋情結的遠因。

老太太讓她學習讀書和做針線，這是為了適應社會的現實，而她因此得到了「很可愛」的評價。我們看到，現實的評價逐漸取代凱倫內心對自己的認識，她因此用鏡子，也就是用他人的目光看待自己，外界的讚美使她覺得自己不僅可愛，而且美麗。

回頭談談女鞋匠，她可以被我們視為遠古的陰性心靈，母親的原型。她製作的紅鞋意味著女性的原始本能，因為她是用舊紅布來製作新鞋，這是一份給新生女性的贈禮，一種同時包含了新與舊的傳承，既是新鞋舊布，也是年輕（新）女性與年老（舊）女性。

傳承也暗示著母親即將離她而去。因為在我們的生命遇見重大危機時，分析師唐納．卡爾謝所稱的「自我照護系統」就會展開防禦，以保護弱小的自我，不讓女孩的人格受到創傷所帶來的毀滅性衝擊。而這位年老的女鞋匠就是這個系統所製造的意象，我們在〈藍鬍子〉裡也曾簡單提過這個概念。

2 林姿君：〈安徒生童話的基督教意涵〉，頁57，國立台東大學兒童文學研究所論文，民97。

凱倫同樣認為，是紅鞋保護了自己，讓她能在失怙時遇見老太太的收留。但正如我們所見，這個防禦系統並沒有受到足夠的尊重，或者說，這個母親原型致贈的禮物，沒有機會得到繼續的使用與打磨，而是被外力燒毀，這最終將造成小女孩無可彌補的失落，這解釋了她後來對紅鞋的痴迷與病態的成癮。

自我—自性軸的斷裂

心靈存在著兩個獨立自主的中心，分別是「自我」與「自性」。他們之間的關係就好比宗教神話中的造物主與人之間的關係，雙方的關係至為重要，卻很容易出現問題。

分析師艾丁傑將兩者之間的連接稱為「自我—自性軸」(ego-Self axis)，教養問題之所以困難的原因就在這裡，因為過分嚴格將使自我—自性軸斷裂，孩子會過於認同紀律、注重外在客觀的現實；過分寬容則會使孩子變得膨脹，也就是自我篡奪了自性的位置，把自己當成神，將內在經驗視為一切，從而變得為所欲為。[3]

這位住在村子「正中央」的女鞋匠，毫無疑問地也代表自性的原型，我們的本質我。紅鞋被丟棄，意味著自我—自性軸產生了斷裂。小女孩一下從受到原型母親所保護的狀態，變得無依無靠。

這樣的情節不禁讓人聯想到許多父母對神話或幻想的排斥，關於聖誕老人、關於月亮上有沒有兔子，關於太陽下山之後都做些什麼，或者關於地震是源於地牛翻身還是板塊擠壓，他們似乎都更傾向孩子必須學習自然科學的說法。

想像力在他們的認知中似乎沒有能夠存在的位置。我們這個時代有這麼多優秀的腦袋投身於電動遊戲的創作，甚至有這麼多人在遊戲裡沉迷，或許就是為了補償我們太過偏重現實的社會氛圍吧！

心象與鏡映

第二雙紅鞋的主人則是與女孩年紀相仿的公主。童話強調，當她跟著自己的母后巡行全國並在女孩面前出現時，公主並未戴著王冠，而是穿著一雙紅鞋從窗子後

3 愛德華．艾丁傑（Edward F. Edinger）著，王浩威、劉娜譯：《自我與原型》，頁43—44，台北：心靈工坊，2023。

面現身。這裡的窗戶猶如一面鏡子，意味著女孩透過它，看見了她失落的自我，那個同樣穿著美麗紅鞋的自己。

一個失落原初美好的人，永遠難以自我肯定。公主的美被她貪婪地牢記，因為她忘記了自己的模樣，失去了年老女鞋匠為她做的舊紅鞋。如果要讓自己恢復自尊，她就必須擁有一雙紅鞋。但我們知道，紅鞋必須以「心象」的方式被接受和保存，在我們面臨挫折，需要提醒自己還不賴、值得肯定的時候，作為心象的紅鞋才可以從我們的內心裡提取。

這種把重要他人的愛與注視加以內化的機制通常出現在我們的人生早期，心理學稱為「鏡映」(mirroring)，父母望著孩子的眼睛，將肯定與喜悅傳達給他，從而讓他的心中擁有一面無人可以奪走的鏡子、一雙紅鞋，或者一個什麼。那裡凝縮了父母對他的愛，這樣的孩子能擁有健康的自戀，他將無所畏懼，即使他也會失望、難過，但他永遠知道自己可愛，值得被愛。

穿著紅鞋的公主因此代表了女孩所失落的理想我，可以說，她的出現，就像每個年輕男女愛慕偶像或者墜入愛河時那樣，意外啟動了我們積極尋回失落面向的過程。

這個過程可能是健康的，也可能是病態的。而童話中的女孩就是後者。

他人慾望的複製品

凱倫所追尋的紅鞋是第三雙紅鞋，那迥然不同於她所失落的第一雙舊紅鞋，這雙嶄新的紅鞋被放在大玻璃架上，美麗而且發亮。有意思的是，這雙新鞋的製作者，是一名富有的男鞋匠。跟年老的女鞋匠完全相反，他是童話中出現的第一個男性，顯然也是一名誘惑者，無論紅鞋的材質，還是說詞，都暗示著小女孩可以藉由這雙紅鞋成為她本質以外的人物。因為這雙鞋原先是做給伯爵女兒使用的，如果凱倫穿上了，就會成為貴族。

凱倫因此穿上了別人的鞋子，只能跟著他人的期待生活，成為他人慾望的複製品。

這種使自己成為不是自己的誘惑充斥在我們周遭，男人藉由擁有一台跑車，女人藉由擁有一條口紅、一個名牌包，無論男女，我們只要能擁有一張出國的機票，我們就會成為社群媒體的焦點，至少是暫時性的。

相較於女鞋匠做給女孩的是一雙符合她身分的舊紅鞋，男鞋匠則意圖讓她成為其他人。這不是超越，雖然我們都希望能夠藉由擁有物來定義自己，這是我們勞苦心志，被物欲役使的開始。我們在這邊見到了阿尼姆斯與陽性心靈的議題，他讓我們認識更大的世界，促使我們打造漂亮的面具。前提是我們不能將面具誤認為全部。

不一致的教養會使父母失去權威

而小女孩很快就會經驗到自我—自性軸的斷裂，因為紅鞋實在太美了，她需要這雙紅鞋成為一個她永遠無法成為的人。我們都可能在這樣的情況下迫切地需要自我膨脹，用此來彌補自己有所欠缺的自信。她的自戀開始變得病態，她必須隱瞞老太太，而老太太的眼睛看不清楚，不知道自己給她買了什麼鞋。

此處我們看見的是那種不知道如何教養孩子的母親，她先是丟棄了孩子至關重要的、陪伴自己度過艱難時光的小東西，或者用心理學的話來說，過渡性客體（transitional object），也就是同時具有內在現實與外在現實兩項特質的物品，例如玩具、小被子，或其他對孩子而言有意義的東西，人們會透過它來使自己獲得心理意義上的陪伴。而後是買了不適合她年紀，可能餵養其不當自尊的禮物，一雙全新的紅鞋。

因此童話的隱喻很直白：老太太看不清楚。

直到凱倫穿著紅鞋上教堂，直到事後她聽見旁人告訴她，這雙紅鞋不合適，老太太又禁止女孩穿著它。不一致的教養當然不會收到成效，只會讓孩子質疑父母的權威。

這解釋了老太太何以是坐著很大的「舊車子」出現，因為她有某部分的自我老舊而沉重，以致她無法妥善地回應女孩的需求，她看不見。

紅鬍子老兵：天神與惡魔的矛盾象徵

現在，凱倫的注意力已經完全轉移到紅鞋上了，教堂要求信徒們謙卑，要他們心懷上帝，但她卻只想著自己的紅鞋。紅鞋就是她，而且是全部的她，她沒辦法將注意力從那裡轉移過來。

童話在這裡進入了對成癮者及強迫症的描寫，她不由自主，只能任憑注意力一再被襲奪，痴迷帶來了痛苦，但若要捨棄痴迷，當事人會加倍痛苦。

老太太再次告誡凱倫，不能穿紅鞋上教堂，但凱倫沒有聽從，她的陽奉陰違顯示著，此時的她已經是紅鞋的奴隸，而非主人。老兵在此時出現，故事特別強調，他留著長長的紅色鬍子。分析師克莱麗莎．平蔻拉．埃思戴絲曾在她的著作中分析過這篇故事，她強調老兵、乞丐，或者殘廢者，往往是魔鬼的化身或人性中的邪惡勢力。[4]

但有同樣多的證據指出，這些人物也常由天神或天使所假扮。北歐神話中的眾神之父奧丁，就常用老兵或乞丐的身分出現，他有個外號叫「漂泊者」或「遠行者」，同時別忘了，奧丁也是殘疾人士，他只有一隻眼睛。德國童話〈盧斯蒂希老兄〉，聖彼得也喬裝成老兵，向主角乞討，測試他是否有上天堂的資格。這說明了象徵的意涵常常彼此矛盾，是以榮格才說：「象徵總是多於第一眼我們所能瞭解的一切。」

因此我們可以這麼說，紅鬍子老兵就是女鞋匠送給凱倫的那雙紅色舊鞋，它們是原型的不同意象，體現了心靈「自我防護系統」的神魔二元性。它曾經是帶著母性與保護性的舊紅鞋，但現在卻以紅鬍子老兵的邪惡形象出現。

雖如此，這位紅鬍子老兵依舊具有兩面性，說他是撒旦並沒錯，因為是他在紅鞋裡注入了魔法，使小女孩的雙腳永遠停不下來。說他是神也沒錯，因為雙腳舞不停的症狀，最終讓她見到了自己的缺失，從而得到了天使的原諒。他是使症狀現身的人，但症狀會指向什麼結局，則依賴我們如何看待它。

靈性越乾枯，想擁有的就越多

從上一篇的藍鬍子到這一篇的紅鬍子，他們都未曾強迫主角做他們拒絕的事，而是誘惑主角去從事他們本來就想做的事。藍鬍子用好奇心誘使女主角打開房間，紅鬍子則用虛榮心誘使女主角跳舞。而凱倫卻禁不起這番讚美，她開始跳起舞來。就連老太太病倒需要她照料時也不例外，她需要這雙紅鞋，需要跳舞，她需要知道自己很美，她參加了舞會。

4 克萊麗莎・平蔻拉・埃思戴絲（Clarissa Pinkola Estés）著，吳菲菲譯：《與狼同奔的女人》，頁386，台北：心靈工坊，2017。

然後女孩再也停不下來，她一直跳舞，而且方向由不得她控制，她舞入了黑森林中，在那裡，她最後一次看見紅鬍子老兵，而他還是說著那句話：「多麼美麗的舞鞋啊！」讀者可在此處稍加留心，因為他稱讚的不是女孩，而是「舞鞋」。正是來自他人錯誤的稱讚，我們才迷失了自我。

因為我們把擁有物視為自己，我就是那個包包，我就是那台跑車，我就是那個頭銜，我就是那份收入，我們擁有越多，但也越發痛苦。因為我們心裡知道，那不是我。

當我們的靈性越乾枯，想要的就越多。我常說，吃飯無法解渴。指的就是我們會用錯誤的方法來處理問題。成癮本身就可以被視為一個象徵，指向更深邃的奧祕。我們都有這樣的需求，想要將自己完全沉浸在未知，取消掉大腦所帶來的分離狀態。

許多啟靈藥和毒品就有這樣的特性，它會暫時中止大腦的分區功能，帶來難以言喻的一體感，因此有些人會不顧一切地尋求重回天堂狀態。在不少原住民的傳統儀式中，啟靈藥扮演著修復個人創傷，團結社群的功用，但現代社會則一律將這樣的狀態貶低為「退化」或精神病發作。這樣的敵對態度反而加劇了人內在的分裂。

我們被鼓勵用實際的方法解決問題。如果你不快樂，那肯定是擁有得太少了，你需要再多買一枝眉筆，多買一件裙子，多買一個手沖咖啡壺，或者再多來一趟旅行。

事實上，無論我們擁有什麼，我們的體驗都不會再增加。人的基本情感就是那些：喜怒哀樂愛惡懼。外在的擁有物不過是為了重新喚回我們想要的那些體驗，我們將幸福等同於那些體驗，將獲得那些體驗的方式等同於購買，於是我們成為物欲的奴隸，我們對它成癮。

性慾、初經與成癮：紅鞋的多種隱喻

跟〈睡美人〉中的紡錘與手指頭滴出來的血一樣，紅鞋也很容易被我們聯想為女孩剛萌發的性慾或初經，但這樣的慾望卻受到老太太的壓制，後者在此處同樣可以象徵古老的超我（superego），那並非傳承自我們的父母親，而是如佛洛伊德所言，是傳承自我們父母親的超我。老太太與她的舊車就共同象徵著這個無法推翻也難以抵抗的文化命令。她與女孩間的對抗，就是新與舊的對抗，或者本我（id）與超我的對抗。

她開始跳舞，從黑夜到白天，從森林到大路。慾望充斥著她的心，她不願意，但無法停止。這曾經讓她喜悅的事物已不再能讓她感覺快樂，就像所有性成癮、物質成癮、賭博成癮、購物成癮，或者對任何事物任何情感成癮的人一樣。他們痛苦，想要「剁手」來阻止自己，每次只感覺自己變得更好的時間越來越短暫，因為內在的空洞正在變大，以致天使帶來的不是祝福，而是詛咒。

天使帶著一把長劍，告訴凱倫：「穿著你的紅鞋跳舞，一直跳到你發白、發冷，跳到你的身體乾縮成一具骸骨。」她被迫成為樣板，到每個驕傲的孩子家門口，讓他們看看自大者得到的懲罰。

換言之，自大是空洞的另一層表現。正是內在有所缺乏，我們才那麼需要別人的稱讚、成就的包裝，以及其他可以幫忙填補空洞的東西。

自戀與自然：傷殘與神聖的微妙關係

象徵惡魔的紅鬍子老人百般稱讚著這雙紅鞋，而在其對立面的天使卻直接詛咒了這雙鞋。他們所表現出來的對立，以及令人不寒而慄的形象都是自我照護系統的不同表現，原型領域的事物會以神話的樣貌出現，而它正激烈地想將有害自我成長的元素加以排除，過頭的慾望必須死，它必須「乾縮成一具骸骨。」

當漸進改變的方式失效，激烈的手段就會應運而生。女孩最終在夜晚拜訪了劊子手的住處，央求他砍掉自己的雙腳。傷殘在童話中並不罕見，童話〈沒有手的女孩〉當中的女主角就被自己的父親砍掉了雙手，當孩子必須以如此殘暴的方式經驗與父母親的分離時，傳承將永遠帶著創傷的記憶。由於失去雙手，他不再能「給」，也不再能「取」。

即使砍下了雙腳，紅鞋依舊自己跳著舞。每次凱倫出現在教堂前，就會看到那雙跳著舞的紅鞋。而失去雙腳的女孩則仰賴木腳行走，木頭製的雙腳讓我們聯想到她的第一雙紅鞋，用舊紅布織成的鞋。那才是女孩真正的樣貌，不再是精緻而虛榮的自戀，而是簡單且原始的自然。

她回歸自然本性的代價是傷殘，但傷殘有時會讓我們觸及神聖，猶如奧丁失去眼睛才獲得了預知未來的能力；耶穌被送上十字架釘穿手掌後，才被尊為神子。女孩穿過了多刺的野玫瑰，來到劊子手的房子，叫喊著請他出來，這表示她已經清楚地認識到，只有切除雙腳才能讓她重新得到自由。

劊子手所代表的能量要特別予以注意，當它是有意識地受到我們的請託而行動時，它會為我們的人格刮骨療傷；若它在無意識的情況下被喚起，就會出現各種自殘自傷的行為。

順從：向自性臣服

凱倫直視了恐怖，她知道即便是恐怖，只要運用得當，也會讓她遠離束縛。她告訴劊子手，她知道他是誰，也知道他的工作，但她決定要砍掉自己的腳。劊子手照做了，除了木鞋與拐杖外，他還教她唱死刑犯的聖詩。

也就是說，女孩因為殘缺而觸及了內心的神聖。我們因為受傷而成長，因破除自戀或捨棄慾望而獲得自由，童話驚人地點出這個事實。是以女孩才親吻了劊子手的雙手。

但成癮的行為還沒完全結束，因為她連著兩週都在教堂前看見了那雙在跳舞的紅鞋。直到她成為牧師的僕人，牧師是上帝在人間的代言人，因此女孩其實是發心成為靈性或者自性的僕人。

但凱倫真正的拯救是由於曾經驕傲的她終於向上帝開口：「上帝啊！請幫助我！」換言之，她接受了自我（ego）的位置低於自性（Self），人必須向高於自我的存在臣服，因為自我無法抵禦情結或原型的侵襲。面對難以戰勝的潛意識內容，人就得先承認自己的脆弱，斷裂的自我—自性軸才可能被修復，小我再次感受到來自大我的滋養。

於是天使第二次現身，她不再背著劍，而是手拿開著玫瑰花的綠枝，將她祈禱的房間變成了教堂，換言之，重要的不是祈禱的地點，而是祈禱的人。因為真誠，女孩神聖化了自己的居所，她的房間就是教堂，她的靈魂因此得以乘坐在陽光上得到拯救。

寶劍變綠枝：傷痕帶動修復

天使在此處是作為聖與俗的中介而存在，她第一次手拿的劍反映了自我—自性軸的斷裂，第二次拿的綠枝則反映了植物重生的能力。魔法並非來自她的手指或法杖，而是一株植物。和失去的雙腿不同，玫瑰或其他植物的斷枝可以重新被嫁接，再次成長。童話用這種方式告訴孩子，心靈的再生是有希望的，只要你能觸碰神聖。

其實孩童本就是神聖的，許多父母都問過孩子他們的胎內記憶，而不少孩子確實也都能講出令人感到驚奇的內容。他們的心靈離原初自性（primary Self）不遠，但在去整合（deintegration）的過程中，失落卻無可避免，這時我們經驗到的，就是紅鞋女孩的斷肢經驗。原先屬於我的雙腳被截斷，而且必須是我主動為之，我才能加入社會的現實。

從這個角度來說，凱倫主動戳破自戀，拋下假我的舉動帶來了再整合（reintegration）的行動，心靈的傷痕反而帶動了進一步的修復。換言之，我們若不讓假我受傷，就無法接近自性（也可以稱為「真我」）。天使的寶劍之所以化為帶來生機的綠枝，就象徵這個過程。

這篇童話因此呈現了心靈現象的弔詭，傷殘與復原、恐怖與神聖原來是一體的兩面。故事裡最令人恐怖的，是心靈所受的傷竟會反覆驅策我們，只為尋找我們心中失去的那雙舊紅鞋，而那裡頭有我們賴以獲得健康的良好自尊心。

給善良讀者的提醒：

如果你是一位家長，請務必記得，越被禁止的事情越想做，在心理學裡，它稱為「回力鏢效應」（boomerang effect）。一旦人們多次抗拒誘惑失敗後，意志力就會耗盡，也就越來越難以堅持，這個現象我們把它稱為「自我耗損」（ego depletion）。這會讓我們的成癮行為雪上加霜。

被燒掉的舊紅鞋所留下的創傷，成為強有力的情結，促使凱倫不停尋找那永不可復得的事物。「需求最少的人，擁有最多。」這是這篇童話的道德啟示。但要減少需求，就得先停止「向上比較」（upward comparison），也就是說，停止跟那些過得比我們好、擁有比我們多的人比較。因為攀比是不幸的源頭。

凱倫錯誤地把紅鞋視為自己被收養的原因，也讓她日後對紅鞋著迷並成癮，她為這件事所做的錯誤推論源於人們對因果關係的偏愛。換言之，我們會假設如果自己能知道一件事的起因，那我們就能控制它。所以我們傾向追根究柢，傾向去問為什麼？

但事實上，很多事情是沒有原因的，或者說，它是很多原因的加總，並不是單一因素。協助孩子為事情找到正確或合理的歸因方式是大人的重要責任之一，這會使他們往建設性的方向努力。例如凱倫需要知道自己之所以被收養，原因在於她本身就是值得愛的，並不是因為紅鞋而被愛。

如果孩子需要將某件物品神聖化，請尊重他的做法。因為這是人很基本的需要，即使大人也常這麼做。起床後先煮杯咖啡，進辦公室後先泡一壺茶，這都是為了告訴自己：要好好開始這一天。

我們都需要一個過渡性客體，一個具有魔力的安撫物，乃至一個被我們自己神聖化的小儀式，才能將自己安定在隨機且無序的生命裡。凱倫失去了用以固定自身的錨，所以她才失去了中心。她必須不停地跳舞，在城鎮、在森林，這正表示她到哪裡都無法安頓自己。

這篇童話更讓我們看見了成癮或執念的源頭可能是早期經驗的失落，也可能是靈性通道的斷裂。這篇童話之所以恐怖，正是這些原因造成的。這麼說來，我們之所以能夠善良、健康，乃是因為環境的恩賜，我們應該為此感激。而同樣地，我們也可以藉著塑造一個好的人際環境或練習正念（mindfulness）來減緩我們的痛苦與拉扯。

要做符合我們身分的事，尤其是由本質我所展現出來的事，不要企圖成為其他人，遠離那些要我們把他人標準當成個人標準的宣傳。眾人所做的事不見得正確，那通常只說明有許多人並不曉得自己在做什麼。而這一切都得回到我們內心的聲音。

正念教我們接納它，內觀要我們觀察它，尊重念頭出現，但與它保持距離，因為它雖是我的一部分，但它不是我。唯有如此，我們才能聽見那聲音，而不是雜訊。前者總是伴隨清明的感受，而後者則讓我們自責、貪婪、仇恨。

執著越少，人越自由。無有罣礙，無有恐怖。

第四章 愚人童話

童話的主要功能是娛樂，而愚人則是我們人格裡搬不上檯面的想法和原始的事物，但它卻會帶來變革的力量。此處收錄了《魔鬼的三根金頭髮》與《白葡萄》。前者的主角憑藉著運氣和一點小謊一路過關斬將，它的成功模式跟課本說的不一樣。後者的主角根本沒有出現，他純粹是因為意外而娶得了公主。對於不可解的問題，或許「無為」才是最健康的心態。

我們會在這一章介紹搗蛋鬼、物極必反、中年之路、無為與無用、三與四、正念與深觀等概念。

魔鬼的三根金頭髮[1]

從前有一個窮苦的婦人，她生了男孩。孩子出世時，因為皮膚長得非常細嫩，有人便預言，這孩子到十四歲時，將娶國王的女兒做妻子。

不久，國王來到了這個村子，誰都不知道他是國王，當他問起村裡人有什麼新鮮事時，人們告訴他：「村裡最近出生了一個皮膚很細嫩的孩子，誰有這樣的皮膚就注定會幸運。算命的說他十四歲時將娶國王的女兒為妻。」

這個國王有顆歹毒的心，他聽到預言後很惱火。他找到孩子的爸媽，故作友善地說：「你們很窮，把這孩子送給我養吧！我會好好待他。」

1 格林兄弟（Brüder Grimm）著，徐珞、余曉麗、劉冬瑜等譯：《格林童話故事全集》，台北：遠流，2010。部分用語略微修正。

一開始，孩子的爸媽不答應，可是陌生人願意用許多金子來交換，於是父母想：「這孩子是個幸運兒，一定會有好運的。」便同意了。

國王把孩子放進盒子裡，帶著他，騎馬來到河邊。國王把盒子扔進河裡，心想：「我總算幫我的女兒打發了一個意外的求婚者。」

可是，盒子並沒有沉進水中，而是像隻小船那樣漂在水面上。就這樣，盒子順流而下，一直漂到國王居住地附近的地方，被一座磨坊的水閘擋住了。

這時，有一個磨坊伙計正巧站在水閘邊，他看到這個盒子，就用鉤子將它打撈起來，發現裡面躺著一個漂亮又健康的小男孩。

他把孩子交給磨坊老闆夫婦，因為他們兩人沒有孩子，所以高興地說：「這是上帝賜予我們的。」他們細心照料，使他在良好品德的薰陶下長大。

有一次，國王到這個磨坊避雨，問起了這個身材魁梧的小伙子是不是他們的兒子？

「不是的，」他們回答說：「十四年前，這孩子被裝在一個盒子裡漂到水閘邊，被一個磨坊伙計打撈起來。」

國王發覺這竟是當年他扔進河裡的嬰兒，於是想請他幫忙送一封信給王后，報酬是兩塊金幣。夫妻倆連忙答應，叫小伙子準備上路。

國王給王后寫了一封信，內容是：「帶此信的男孩一到，就把他殺掉，一切要在我回來之前辦妥。」

男孩帶上信出發了，但他迷了路，走進了森林中。他在黑暗中看見一間小屋子，裡頭有光，一位老婦人正坐在那裡取暖。老婦人見到後非常吃驚，問道：「你從哪裡來的？又要去哪裡？」

「我從磨坊來，」他回答：「正要去見王后，我要給她送一封信，但我迷路了，想在這裡過一夜。」

「可憐的年輕人，」老婦人說：「你走進了強盜窩，如果他們回來了，會殺死你的。」

「誰想來就來吧！」小伙子說：「我累極了，實在不能繼續走了。」

說罷，就躺在一條長凳上睡著了。

過了一會兒，強盜頭子回來了，他怒氣沖沖地問那個躺著的小伙子是誰？

「啊！」老婦人說：「那是個無辜的孩子，在森林裡迷了路，我同情他，就把他留下了，他得給王后送一封信。」

強盜們翻出信來，看到信的內容後起了同情心，強盜頭子把國王的信給撕了，又另寫了一封，內容改成：「男孩一到，馬上與公主結婚。」

強盜們讓年輕人一直睡到第二天早上，等他醒來後，就指點他去王宮的路。

王后讀完信後，就按照信中指示舉辦了豪華的婚禮，公主和幸運兒結成了夫妻，兩人非常愉快。

過了一段時間，國王回到王宮，他見那個預言果真成了事實，幸運兒和自己的女兒結了婚，問道怎麼回事？

於是王后把信拿給國王，讓他自己看看上面怎麼寫的。國王讀完信後發現信被掉包了，於是他問年輕人，他給王后的信到哪裡去了？為什麼他帶來的是另一封信。

「這個我可不知道，」年輕人回答：「那一定是我在森林過夜時被掉換了。」

國王十分生氣：「你的事沒那麼容易，誰想娶我女兒，就得到魔窟去，從魔鬼的頭上取來三根金頭髮，只有這樣，你才能得到我的女兒。」國王想用這個方法趕走年輕人，但他卻說自己什麼都不怕，於是便出發了。

他順著大路走到一座大城市，衛兵攔住了他，問他是做什麼的，懂些什麼？

「我什麼都知道。」幸運兒回答。

「那你可以幫助我們，」衛兵說：「我們的市場上有口井，以前井裡冒出的是酒，但現在那口井枯了，連一滴水都不出，你知道是為什麼嗎？」

「我會告訴你們的，」他回答：「不過要等我回來的時候。」

他繼續往前走，來到了另一座城市。衛兵又攔住他，問他是做什麼的，懂些什麼？

「我什麼都知道。」幸運兒回答。

「那你可以幫助我們，」衛兵說：「這城裡有棵樹，枝頭掛滿金蘋果，現在連葉子都不長了，你知道是為什麼嗎？」

「我會告訴你們的，」他回答：「不過要等我回來的時候。」

他又繼續趕路，來到了一條大河邊，船夫問他是做什麼的？知道些什麼？

「我什麼都知道。」幸運兒回答。

「那你可以幫助我了，」船夫說：「請你告訴我，為什麼我得在這裡撐船擺渡一輩子，始終無法離開？」

「我會告訴你的，」他回答：「不過要等我回來的時候。」

過河之後，幸運兒很快就找到了魔窟的入口，那裡黑得像被煙給燻過，魔鬼不在家，只有他的母親坐在一把寬大的安樂椅裡。

「你要做什麼？」老婦人問他，看起來樣子並不凶惡。

「我想要魔鬼頭上的金頭髮，」他回答說：「否則我就得失去我的妻子。」

老婦人說：「這個要求也太高了，魔鬼回來會殺了你的。不過，我很同情你，我看看能否幫你個忙。」說完，她把幸運兒變成了一隻螞蟻，告訴他爬到她的裙褶中躲起來。

「好的！」幸運兒回答道：「這太好了，但我還有三件事想知道：為什麼一口井以前冒出的是酒，現在卻乾枯了？為什麼一棵樹以前掛滿金蘋果，現在卻連一片葉子都不長？為什麼一位船夫得在河上來回擺渡，始終不能離開？」

老婦人答應了他，會替他問魔鬼。

黃昏時，魔鬼回來了。他一進屋就聞到了人的味道，但四處搜尋，卻什麼也沒發現。

母親叱喝他：「屋子才剛剛打掃完，怎麼會有人肉的味道，瞧你把東西扔得亂七八糟，趕快坐下吃飯吧！」

魔鬼吃飽後，覺得累了，把頭靠在母親的懷裡，叫母親替他捉虱子，過沒多久，魔鬼就睡著了。

這時，老母親拔下魔鬼一根金頭髮放在旁邊。

「唉唷！」魔鬼叫了一聲：「你在做什麼？」

「我作了一個惡夢，在夢裡我抓了你的頭髮。」母親說。

魔鬼問是什麼夢。「我夢見市場上的一口井，從前總是冒酒，現在卻乾枯了，這是什麼原因？」母親說。

魔鬼回答：「那口井裡的石頭下面有隻癩蝦蟆，殺死牠，井裡就會重新冒出酒來。」回答完後，母親繼續為他捉虱子，直到魔鬼再度呼呼大睡。這時，老母親拔下了魔鬼頭上第二根金頭髮。

「喔！你在做什麼！」魔鬼發怒了。

「別生氣，我是在作夢。」老母親說。

「你又作什麼夢了？」他問。

「我夢見王國裡有棵果樹，以前結的是金蘋果，現在卻連葉子都不長了，這是什麼原因呢？」

魔鬼回答：「是因為有一隻老鼠在啃樹根，只要把老鼠打死，那棵樹就會結出金蘋果。你別再用夢打擾我了，否則我會給你一巴掌！」

母親答應不吵他，繼續幫他捉虱子，直到他鼾聲大作。這時，母親揪住第三根金頭髮，猛地拔了下來。

魔鬼立刻跳了起來，暴跳如雷，但是母親再度將他安撫下來，說：「我怎麼又作了一個討人厭的夢呢？」

「你又夢見什麼了？」魔鬼好奇地問。

「我夢見了一個船夫，他抱怨自己總是得來來回回撐船，始終無法離開，這是為什麼呢？」

「唉！蠢蛋！」魔鬼回答道：「等到有人過河時，把篙子塞到他手裡，那個人就得一輩子在那裡擺渡，他就可以解脫了。」

這時，母親已經拔下了三根金頭髮，三個問題也得到了解答。隔天，魔鬼出門後，她將幸運兒重新變回人，把三根金頭髮交給了他。幸運兒心裡十分高興，因為一切都進行得那麼順利。

他來到河邊，請船夫渡河送他過去，然後將祕密告訴了他：「如果再有人來，你就把篙子塞到他手裡。」

他又往前走，來到那座不再結金蘋果的城市，把魔鬼說的話告訴守衛。為了感謝他，居民們送給他兩頭馱滿金子的驢，他牽著驢繼續走。

最後，他來到那座有著枯井的城市，告訴衛兵，只要殺死癩蝦蟆，就會重新冒出酒來。為了感謝他，居民也送他兩頭馱滿金子的驢。

幸運兒回到家後，公主非常高興。國王見到三根金頭髮還有四頭馱滿金子的驢也很歡喜，宣布他是合格的女婿，但他想知道，這麼多金子是怎麼來的？

「我過了一條河，」幸運兒回答：「金子就是在那裡撿來的，那條河的沙灘上不是沙子，而是黃金。」

「我到那裡也撿得到嗎？」國王露出了貪婪的模樣。

「你想要多少，就可以撿多少。」幸運兒回答說：「那裡有一個船夫，他可以幫你渡河，然後你就可以把所有的袋子裝得滿滿的。」

貪心的國王趕忙出發，等他來到河邊時，揮手要渡河，船夫將他渡到對岸後，把篙子往他手裡一塞，就跳上岸去了。

從此，國王就一直在這裡撐船擺渡，這是對他的懲罰。

或許你會想問：「後來怎麼樣了？他現在還在撐船嗎？」是的，以後再也沒人從他手中接過篙子。

故事解析

愚人與搗蛋鬼：帶來顛覆與重生的酒神

這篇童話的主角沒有名字，而是統稱他為「幸運兒」。幸運兒做了什麼事？他似乎什麼都沒做，只是跟從自己的命運，或許當然了，他還撒了幾個謊……

童話中有很大一部分在講荒謬或令人傻眼的故事，別忘了，娛樂是童話最重要的用途之一。在緊繃的一天過後，每個人都需要笑一笑，讓腦袋能夠休息，也就是說，讓飛騰的意識暫緩。然後你會發現，讓我們發笑的元素都很相近，荒誕的、帶著性意涵的、反常的情節，最好還配上演講者的醜怪模樣。

曾在古代流行於希臘地區的埃萊夫西納（Eleusis，快樂抵達之地）祕教，其大祕儀舉行期間，沿路上信徒會觀賞帶著性意味的戲劇與笑話，這是模仿女僕伊安蓓（Iambe，幽默女神）逗大地女神狄米特（Demeter）開心。朋友間的茶餘飯後也通常圍繞著他人的醜事，這也是眾人皆知的祕密。

雨果的著名小說《鐘樓怪人》就講述了醜人加西莫多（Quasimodo）在愚人節當

天被選為教皇，坐上王座在全城遊行的細節。當然，他之所以被選為教皇，完全是為了諷刺人們平時心中的高貴偶像，上帝的代言人。愚人（fool／trickster）因此有顛覆的意味。

而愚人節這個在春夏之交的節日，正好是氣候變化無常的季節（同時也是法國的舊曆年），因此用來象徵大自然對人類的嘲弄。

塔羅的第一張牌就是愚人，傳統上，他代表著希臘的酒神戴奧尼索斯（Dionysus），從字面義來說，指的是二次出生的人。因為他在母親塞墨勒（Semele）被父親宙斯的閃電化身燒毀之前，被後者轉移到了自己的大腿內，足月後才從宙斯的大腿出生。他所代表的植物葡萄藤，每年春天都會重發綠枝，因為重生不死的特性讓酒神信仰早早就在希臘世界裡流行（自早期的邁錫尼文明就已開始）。

酒除了用來祭神外，更重要地當然也是團聚歡飲，它會重新振奮人的精神，卸下防衛，只要適當飲用，就會讓人宛若新生。

塔羅牌用「愚人」作為七十八張牌的開端有極深的挖苦意味，一般而言，它被認為是在提醒塔羅之道的學習者，你必須放下既有的價值觀，遠離社會安排好的道路，才可能將這條路走好。所有追尋神祕智慧的人，都是世上認為的蠢人。

可以這麼說，雖然人有天生的同理心，但我們也喜歡看人出糗；雖然我們希望事情能井井有條，但日子久了也覺得束縛、無聊。我們總是正派又努力，但也暗暗希望能搭順風車，借力使力。

愚人這個詞也是搗蛋鬼的同義詞，在榮格心理學裡，主要使用trickster來稱呼。愚人很少是優秀、受景仰的人，但他們通常獨樹一格，因此常明著被人挖苦，暗著被人嫉恨，所以才說他是一位負面的英雄，上不了檯面。

在武俠小說中，眾人羨慕韋小寶，岳不群嫉恨令狐沖，正是因為韋小寶與令狐沖體現了愚人／搗蛋鬼的特質。

圖2：偉特塔羅0號牌「愚人」

人生最大的貧困是認知邊界太小

窮苦的人家生出了好命的男孩，童話用這種方式表達了兩件事：第一，不論出身，每個孩子都受到祝福。孩子在聽到故事時會自動將自己的弱小與無助帶入，因此對長大後的命運就能深具信心。第二，命運隨時會變化，上一代的景況不見得會延續到下一代，或者說，即使我們遇見了不如意也不用灰心，因為人生隨時都可能變化，就如命運之輪那般，會不停轉動。

貧困的父母當然也象徵了貧困的人格，人生中最大的貧困從來不是物質，而是認知。認知邊界太小，主動經驗不足，這才是我們最大的貧困。許多人誤將資歷當成經驗，事實上，資歷不見得能代表經驗，那往往只是年紀的附加產物，開創性不見得充足。

正如大學舉行面試時，更注重那些願意主動獲取經驗的學生（而不是條列式、沾醬油般的資歷），職場也是如此。但凡願意主動去獲取經驗的人，很少會變得貧困。正如作家吳軍曾說，主動獲取經驗必須盤算、手腦並用，無法等人給予。資歷則相反，它常常是被動獲得的，舉例來說，只要年資夠，就會成為資深工程師或者獲得某種頭銜。

經驗隨時可能過時，這就是貧困父母的寓意。但只要主動獲取，我們就為自己的人格撒下了更新的種子，在這篇童話裡，指的就是那名皮膚細嫩的幸運男孩。

國王偶然得知這件事後，決心破壞這則令他難堪的預言。他買下孩子丟進河中，他在此處代表著即將失效的思維模式或者舊的人格。為什麼說即將，那是因為原有的思維模式此時還佔據著支配地位。

舊觀念與新思維的漫長對決

男孩花了十四年長大，然後再次與國王碰面，這段漫長的時間意味著成長是迭代更新的，是基於長期累積的過程而來。雖然我們有時看到地位的躍遷或氣質的增長只有一瞬間，但背後早就展開了量變的過程，直到時機成熟，量變帶來了質變，才能看見當事人的明顯變化。

在神話中，埃及農神歐西里斯與女神伊西斯之子荷魯斯（Horus）長大之後跟竊佔了王位的叔叔賽特比試，以求取回屬於自己父親的權力。雙方比拚了八十年，不分勝負，最後在眾神的裁決下，判定賽特必須將王位歸還。

這個漫長的比拚過程，同樣反映了我們內在兩種力量或觀念的角力，替代很少在一瞬間完成，甚至在舊思維的主導之下，新的思維習慣也很難養成。因此傳統企業中才會以子公司或新部門來領導新業務，避免兩種文化觀念同時出現在同一個部門裡，彼此扞格。

當國王與幸運兒在十四年後相遇時，國王認出了他。舊思維往往對新觀念相當敏銳，因為那會危及他的統治權，但要撲滅後者並不容易。

黑暗的中心存在著彼此矛盾的事物

當我們試圖放逐或者刻意不去回想新觀念帶來的可能性時，它反而會在暗處悄悄茁壯，男主角在森林中迷了路，黑暗中見到一間點著燈的房子。童話採用了歐洲最常見的隱喻，表明當事人在受騙的狀態下進入了潛意識的森林。而黑暗的中心則存在著彼此矛盾的事物：一群大發善心的強盜。

這也是習慣用單一面向來看待世界的大人們容易對童話感到震驚，或者覺得荒謬的原因。事情不應該是這樣的，強盜必須要殺人，森林裡也不應該有開著燈的小屋。也就是說，黑暗必須一直是黑暗才行。

這件事不用說得太複雜，只要知道，事情一直有兩面性就可以了。但我們還是喜歡簡單的思考，不是好就是壞，不是朋友就是敵人，不是自己的責任就是他人的責任，事實上每件事都是灰色的，每個人都是灰色的，深淺不同而已。

無論多麼強調客觀與理解，我們遇見事情的第一個反應還是選邊站，不為什麼，只因為輕鬆，因為大腦需要節能。比起去意識到自己有兩張臉孔，去體會人類行為的動機常彼此矛盾，我們還是更喜歡分類，將事情或他人拆成黑與白不同的兩邊，這樣比較輕鬆。

這個反應不僅存在於一般人，同樣存在於各類的專業人員中。無論如何強調媒體識讀，如何強調批判性思考都一樣。因為我們分析的對象都是他人，而不是自己，所以很少意識到有色眼鏡是自己戴上的。可以說，所有的政治或社會運動都有這類問題，它們難免吸引到偏激分子，若不加以防範，就會成為激進的教條主義。心理學與宗教，身心靈界的不同領域也是如此。每一種平和或高尚的理念都會有人格偏差者竄入的風險。

合理是人為的需要，一切本是如此

當然，男女主角總會在森林中意外得到邪惡女巫的幫助或財寶，例如〈糖果屋〉或〈美麗的瓦希麗莎〉，但這篇童話跟它們的差別在於：男主角什麼也沒做，他只是在那裡美美地睡上一覺，即便老婦人告誡他這裡是個強盜窩也一樣。

對多數人來說，這種被我們稱為運氣的影響力需要刻意和不懈的努力才能得來，這是為何德蕾莎修女出國總是坐頭等艙的原因。因為只有在那裡，她才能將魅力用在真正有影響力的人身上，從而完成她淑世的目標。

但幸運兒什麼都沒做，也就是「無為」。他將自己交給了自然，讓自然以我們意想不到的方式工作，使一切水到渠成。關於這一點，我們在下一篇的〈白葡萄〉會深入地討論。

除了無為外，他唯一做的叫做「接受」。他接受了黑暗中的亮光，接受了森林中的人煙，接受了強盜窩也可以睡個好覺，他在潛意識深處，接受了心靈的本來面目，一切就是如此，本是如此，合該如此。

除此之外的所有態度，都只會讓我們被完整性的複雜給震懾，被它的兩相矛盾給困惑。我遇過很多次，學習者追問著「為什麼」？但真正困擾他們的不是為什麼，而是「那是什麼」？

他們不知道自己經驗了什麼，看見了什麼。他們只想知道為什麼經驗到的東西竟然跟自己預期的相反，無法放進他設定好的框架中。

其實事情本來就是那樣，大自然並不合理，合理是人為的需要。它就是如其所是地成住壞空，如其所是地生老病死，如其所是地四季流轉，如其所是地善惡並存。

自性裡頭包含了一切矛盾

我們能說狼殺死小羊是惡嗎？能說貓頭鷹在夜間捕獵是惡嗎？只要深究其中的道理，我們就會知道每個我們看不慣的現象都是生態圈的一部分，草食動物與肉食動物彼此相連，一旦後者消失，前者就會吃掉太多植物，從而讓饑荒降臨在自己的族群。

或者地震是惡嗎？颶風是惡嗎？板塊運動是地球的呼吸，它使我們知道，即便堅硬如大地，也在運動中，沒有事物是恆常不變的。大到板塊、空氣或星辰，小到每個物質裡頭的原子和電子，它們都在運動。

世間沒有靜止的事物，但我們卻認為有靜止的心靈。事實是，心靈也在運動，榮格用物極必反（enantiodromia）來稱呼它。而心靈之所以能夠運動，正說明它的內部存在著兩極（opposites），從高處到低處，從此到彼，心理能量在兩極中來回往復地流動。而自性就是一切對立物的結合體（coniunctio oppositorum），那裡包含了一切矛盾。

有時人格中的矛盾事物並不需要解釋，它就是存在，如此而已。

當國王發現自己的詭計再次失敗後，他要求幸運兒必須帶回魔鬼的三根金頭髮，這是他給出的第三次考驗。在這次考驗中，幸運兒則遇到了三個無解的問題：不再湧出酒水的井、不再結金蘋果的樹，以及船夫該如何擺脫自己的工作。

根據我們對童話的理解，三是最常見的數字，至多不會超過四。關於三與四的討論，我們同樣留到最後一章再深談。

魔鬼的金頭髮：黑暗裡頭的光明

現在先看看，為什麼是頭髮，而且是魔鬼的頭髮？我們在〈藍鬍子〉裡頭談過，頭髮與鬍鬚都象徵男性的力量。而魔鬼的頭髮則指著惡的力量，彷彿怕讀者不明白這個隱喻一樣，童話裡特別強調金色，也就是陽光的顏色，換言之，魔鬼的金髮指的是黑暗裡頭的光明。更別說魔窟的入口，「黑得像被煙給燻過」，這都在強調住在裡頭的魔鬼就是我們的陰影。

陰影（shadow）是一個泛稱，我們可以用它來指涉整個潛意識的內容，也可以特別用它來稱呼人格面具的對立面。總之，是心靈內那些我們不願記起、主動逃避，或令人煩躁、焦慮的各種事物。

長此以往，人會把自己越活越侷限，因為我們得對裡頭的經驗東躲西閃，人生充滿了自我審查。陰影如同禁區，它的範圍當然是越小越好，如果過大，那麼真正活在禁區的就變成我們了。

國王的要求因此有些弔詭，作為老化自我的象徵，他竟然知道陰影處有可以帶來轉化的東西，看來我們都很清楚什麼是正確的事。只是他沒有能力深入，必須仰賴新生的力量，所以他一方面嫉恨著幸運兒，但一方面又不得不將更新人格的任務交給他來完成。

幸運兒的三個任務

一口能出美酒的水井乾枯了，也就是說，我們生命力與創造力的源頭乾涸了。前面才提過，酒神戴奧尼索斯是二次出生之人，一旦我們內在的酒井乾枯，我們就會失去好奇的能力。一個不再好奇的人，就是生命之泉乾枯的人，因為他找不到可能性，也不覺得可能性重要。

對治這種病的方式通常是旅行，這是我們主動創造經驗的方式之一，因為所謂的旅行，其實就是「可控制的意外」。旅行常會在無形中更新我們的生命，因為看待原先生活的角度在接觸不同的人群與文化後改變了。

但旅行不是帶來改變的萬靈丹，對改變的準備度（readiness）才是。是我們做了改變的預備，才帶來了改變。旅行其實是它的副產品。當我們準備好要改變，旅行就不是必需的。

第二個任務是拯救不再結金蘋果的樹，在希臘神話中，金蘋果是帶來紛爭的詛咒。特洛伊（Troy）王子巴里斯（Paris）將金蘋果的擁有權判給了愛神阿芙蘿黛蒂，他雖然因此得到了人間的第一美女海倫（Helen），卻讓母國特洛依面臨亡國之禍。

但此處的金蘋果顯然有另一層意思。它是北歐神話中的青春之果，由青春及春天女神伊都娜（Idun）照料，眾神必須定時食用她所栽種的金蘋果，否則就會面臨衰老。

童話在前兩個任務使用了不同的象徵來描寫一個心理上失去再生能力的人，我們或許都像老國王那樣工於心計，但我們卻不再純真，無法像幸運兒那樣直觀地接受每個經驗，也正是這個特質，他才能找到魔窟，得到藏於陰影中的轉化力量。

第三個任務是幫助河邊的渡船夫，他認為這份工作是詛咒，但他卻無法擺脫。換言之，他沒辦法自主控制他的行為，即便活著，他卻覺得自己不是生命的主人。

類似的症狀我們或許可以稱為強迫症，但渡船夫的情況或許更適合稱為工作成癮。藉由工作，讓自己逃避面對生命。換言之，用外在的成就來取代內在的匱乏。瞭解這一點，我們才能知道為何接替渡船夫的人是國王。因為他們是同一個行為的兩種面向。

我們的成就或許讓我們外表看起來像國王，但其實我們的內在卻住著一個無法放手的渡船夫，我們想休息，但手跟腦卻停不下來。

非理性樂觀可以控制焦慮

幸運兒回答他們，他什麼都知道，但得等他回來才能說出答案。乍看之下，他像是欺騙了他們，但不全然如此。他的回答同樣表現出他的樂觀，他相信那些大腦找不到答案的問題，都能在潛意識中找到解答。

因此他先是接受，接受了心靈的本來面目，然後他欺騙。或者說，他特別有自信，他相信自己能成功。這種樂觀的非理性心態，其最大的好處就是讓人可以控制焦慮感。焦慮感與控制感是互斥的，人之所以焦慮，正是因為覺得不可控。這也是為什麼儀式感很重要，我們在許多球員身上或體育競賽中都可以看到，球迷、球星或球隊本身，都會有某種儀式，或者說，迷信的行為。無論是上場前、進球後，或者比分大幅落後時都一樣。

心理學家指出，這些行為對球員、演員和求職者都很有效。[2]而其關鍵在於嚴格執行一系列清楚的動作，如果這些動作或幸運符有宗教的象徵，那更是加分。即使面臨失落或失敗，這些儀式或迷信的非理性行為也能大大安撫我們。而樂觀的心態也讓我們更能從已知的資源尋求困境的解答。

其實你不需要什麼都知道，你只需要找到知道的人就可以了。這就是人際間的乘法，或者說：開槓桿（leverage）。想喝牛奶，不需要自己養乳牛。任何複雜或麻煩的事，都可以請教專家，不需要自己獨自處理。幸運兒深諳此理。

幸運的人是願意開口求助的人

現在，幸運兒得完成四件事：拿到魔鬼的金頭髮，並解答三個路上的人們向他求教的問題。而那個專家住在魔窟，一個黑暗的地方。完成這四個任務將為他帶來心靈的連鎖效應，讓作為新生自我的他取代老國王。

首先在魔窟裡映入眼簾的是一個老婦人，魔鬼的母親。和在強盜住處的遭遇一樣，她要幸運兒快離開，但他只是大膽地提出自己的要求：我需要魔鬼的金頭髮，否則我妻子就會離開我。

換言之，他請求幫助。原來所謂的幸運兒，就是一個懂得開口的人嗎？事實似乎是如此。我們對幸運的研究發現，懂得求助的人就會獲得幸運，因為這世上願意無償幫助我們的人很多。只要不過分，人的天性似乎就會想要幫忙那些向我們求助的人。

而且研究更發現，如果我們求助的對象是那些我們生活圈之外的朋友，也就是所謂的弱連結（weak ties），那麼我們得到的回報反而更大。跟我們更熟悉和緊密的親友，稱為強連結（strong ties），但由於我們的價值觀太相近，可用資源也高度重疊，因此在我們需要的時候，反而不容易幫上太多忙。我們需要資訊圈以外的資訊，而弱連結則幫上了這個忙。

魔鬼的母親將幸運兒變成螞蟻，藏在裙褶裡，並在魔鬼回家聞到人肉味時掩護了他。童話告訴我們，就連魔鬼也對別人的夢很感興趣。因為當他在母親的懷中睡

2 史都華．維斯（Stuart Vyse）著，劉宗為譯：《妄想的力量》，台北：時報出版，2023。

著後，她依次拔掉了三根金頭髮，魔鬼雖然暴跳如雷，但母親每次都以作夢為藉口騙過了他。

學習欺騙：魔鬼之母的啟發

這一對母子的形象顯然是聖母與聖子形象的倒影。尤其是魔鬼在母親懷中睡著的那一幕，更是對天主教所做的嘲弄。不僅聖母關愛世人，鬼母同樣如此。而她幫助人類的方式是什麼？是欺騙。

因為人類不可能直接面對魔鬼，只能拐彎抹角用出其不意的方式取得成功。幸運兒之所以會在返鄉後欺騙國王成為下一任的船夫，很明顯地，就是受到魔鬼之母的啟發。

魔鬼告訴母親，殺掉井中石頭下的癩蝦蟆，酒水就會再次湧出。我們知道，癩蝦蟆是多產的陰性象徵，在西方童話裡很常見，在古代中國，牠也是月亮的代稱，直到現在，月亮都還留有蟾宮、冰蟾、玉蟾的說法。作為一個年輕男性，幸運兒要做的，是除去古老陰性的影響力，他與潛意識之間的聯繫才會恢復。

舊母性對追求獨立的男女性來說都有壞處，我們在分析《地海古墓》時曾經談過，她雖是萬物的起始，但在那裡，什麼都不發生。[3]那裡只有最原初的無機物狀態，也就是死亡。她們是地底的黑暗。希臘神話中的復仇三女神，她們就將黑夜喚為母親。她們是古老的神，阿波羅無法驅逐，雅典娜必須討好。[4]

至於金蘋果樹之所以不再結果，只需要殺死齧咬樹根的老鼠。這個意象同樣源於北歐神話的生命之樹，樹的底層有一頭叫做尼德霍格（Nidhogg）的龍與許多蛇在啃食樹根，當樹倒下，諸神的黃昏就到來。

老鼠總在暗處活動，常被我們用來指稱小人（例如

3 參見拙著：「地海古墓：一則女性夢與寫給未來人類的神話」，二〇二三年線上講座講義，未出版。

4 參見拙著：「神話裡的心理學」，二〇二一年線上講座講義，未出版。

圖3：提香（Titian, 1488-1576）所繪製的聖母與聖子。現存於美國紐約大都會博物館。

「鼠輩」），而在深度心理學裡，它則代表我們內心不能對外說出口的念頭，那通常跟性與陰謀有關。如果金蘋果樹是生命的象徵，那麼在底部破壞它的老鼠就是讓我們感到耗能的鼠輩吧！

那些負能量的人，無論我們做什麼都能給我們各種「批評」和「指教」的人，那些總是悲觀，覺得無論怎樣都不會成功的人，那些因為個人生命經驗而覺得世界很危險、充滿敵意、戴著有色眼鏡看人的人，那些認知邊界太狹小，你和他相處起來太費力，或總是對你情感勒索的人，或許都是使金蘋果樹逐漸枯萎的老鼠。

我們內在有絕望也有希望的種子，相應於世界有黑暗也有陽光。我們照顧哪一類，就會使哪一類的種子發芽，而周遭人的聲音常常左右我們的選擇。

有些人生來樂觀，有些人生來悲觀，多數人則介於其中，這是孟母之所以三遷的原因，因為她知道環境和朋友的重要。遠離讓你感到耗能的人，親近讓你感到增能的人，我想這也是提升幸福感的法則之一。所以魔鬼才說，將老鼠打死，金蘋果樹就會再次茂盛。

船夫：想要自渡的渡人者

至於船夫放不下來的篙子要怎麼辦？把它交給下一個人就可以了。魔鬼給的解決方案簡單到不可思議。主動離開你感到被壓榨的環境，讓適合那個環境的人留在那裡，我們沒有義務終身成為它的一部分。

國王適合那裡嗎？如果他對於「成功人士」的追求沒有改變，如果他一直無法聽到自性的聲音，無法放棄年輕時的英雄情結，無法自覺地和人格面具或社會期待保持距離，那他留在河上永遠擺渡下去是很合適的。

從這個角度來說，船夫是一個順利度過英雄情結的中年人，他不再需要討好每個人，不再需要被眾人期待、被萬人景仰。若是沒有他，就無人可渡河。但他不再想當社會的「必需」，而是開始質疑這樣的自己。

渡人，無論是從字面還是象徵義來說，都是一項很神聖的工作。但對船夫來說已經不再是了，相當程度上，他也是一位社會認可的英雄，但他已經感到厭倦。

一個走向個體化的人，不可能永遠是一個按部就班或恰如其分的人，他有時也得不按牌理出牌。但這麼做的原因並不是為了驚世駭俗，不是為了成為獨特，而是為了服侍。

服侍什麼？服侍來自大我的聲音。

中年：我們的第二次冒險

他之所以這麼做，並不是因為它對，而是因為他被召喚前往詹姆斯．霍利斯[5]所說的中年之路（the middle Passage）。他冒著失去安全感與被尊重的風險，只為了某種應該。應該活出自己的另一面，那越來越清晰，但不見得被每個人接受的那一面。人若想獲得安全感，難免必須媚俗；人若想被尊重，難免得要合群。但人到中年之後，如果他曾獲得足夠的安全感，無論是經濟或是人際關係，他慢慢就會發現某種不一致在擴大。

如果他夠誠實，如果他真正具備勇氣，他將在中年展開第二次的冒險。冒險服侍大我，進一步成為更完整的自己，而這可能讓他失去中年以前汲汲營營獲得的聲望與地位。如分析師莫瑞．史丹所言，他們是原創者，不是「人格面具或社會期待」的模仿者。[6]

船夫因此成為比國王更值得尊重的男人，他離開了他曾經以為的必需，但國王沒有，他想得到更多的黃金，貴為國王，他竟然比船夫更加沒有安全感。

幸運兒離開了魔窟，帶回了答案。而貪婪的國王則得到了他的報應。這則童話和〈白境的三個公主〉一樣，有著再婚的主題，深入陰影後的他再次與他的妻子結為連理。

但幸運兒的愚人／搗蛋鬼特質在此更為凸顯，他欺騙甚至陷害了國王，若不這麼做，或許他還有苦頭得受。作為一種原型，搗蛋鬼的經驗當然也是普世存在的，我們內心都有這名幸運兒。他在童話裡被預言將會取代舊秩序（也就是娶公主為妻，這暗示著他會成為王國的繼承人），而他取得王位的方式則全然是非正規的，既沒有殺死惡龍、拯救王國，也未曾和任一位騎士決鬥。他是強盜的合謀，是鬼母的同盟，然後他對自己的岳父國王撒了一個天大的謊。

人到中年，挑戰我們舊有人格面具的是一個我們難以置之不理的聲音（這則童話以預言來象徵），以及一個無法撲滅的力量。他不按牌理出牌，意圖顛覆或取代我們中年以前建立的王國。

5 詹姆斯・霍利斯（James Hollis）著，鐘穎譯：《中年之路》，新北：楓書坊，2024。
6 莫瑞・史丹（Murray Stein）著，王浩威譯：《男人・英雄・智者：男性自性追尋的五個階段》，頁86，台北：心靈工坊，2021。

但沒有他，我們乾枯的生命之泉與生命之樹就無法回復，我們就得日復一日重複著對他人很重要，但卻對自己很壓迫的生活。

愚人與搗蛋鬼似乎是通往靈性的，就如那句話所說的：大智若愚。我們以為傻氣的方式，卻最能度過艱難險阻，深入黑暗，帶回發光的黃金，為生命帶來更新。

給聰明讀者的提醒：

命運會攪亂每件事，但也會安排好每件事。無論喜不喜歡，我們都得學著接受它。

《紅樓夢》有云：「機關算盡太聰明，反誤了卿卿性命。」國王千算萬算，竟為自己算來了剋星。國王是秩序的守護者，因此象徵著我們的人格面具，而幸運兒那樣的搗蛋鬼面向就是他的陰影，或許他也是每個克勤克儉者的陰影也不一定。因為他看似一事無成，未曾努力，有的只有天大但莫名的信心。對一輩子小心翼翼、循規蹈矩的多數人來說，他的成功似乎太過離經叛道。

如果見不得人的加西莫多都能被推選為愚人教皇，而成為全巴黎關注的焦點人物，那麼我們內心那股愚蠢的衝動或許也會有一天向我們大聲宣告它的主權。

愚人所代表的價值觀和我們熟悉的不同，但沒有他，我們就進不了黑暗的魔窟，受困於生命之流的逐漸乾涸。

在某些時候，聰明很有用。但在某些時候，聰明反而成為阻礙。我們應當求取的，其實是智慧。從哪裡求取？從愚人的身上求取。是以榮格才說，愚人／搗蛋鬼總是「通過他的愚蠢來獲取他人再怎麼努力也無法達到的成就」。

因為這樣的人處於社會的邊緣，愚人／搗蛋鬼經驗則處於意識與潛意識的邊緣，他們平時並不起眼，但關鍵時刻卻可能掀起滔天巨浪。真正聰明的人不應小瞧內心的這股力量，也不應小瞧身邊這類的人。

認識愚人／搗蛋鬼大有好處，因為他可不是只有愚蠢而已，他在神話裡也是一位惡作劇之神。我們都聽過「你的善良要有一點鋒芒」，但很少人知道，你在努力之餘，也要有一點詭計。

畢竟無論你再怎麼善良，在他人的世界裡都可能成為壞人。這種現象在心理學中稱為「投射」，人會將自己的黑暗面投射在你身上，只要處於人群中，這種現象就無可避免。有人的地方就有江湖，沒有任何人能在自己身上處理他人的議題。

從另一個角度來說，如果我們不允許自己奸詐，也就無法洞悉他人的惡意。心中是一張白紙的人，自然看不穿他人的陰謀。

我們可以不聰明，但不能無知；我們可以聰明，但不能在每件事上都聰明過頭。鄭板橋說「聰明難、糊塗難，由聰明而入糊塗更難」，幸運兒就是這股糊塗卻聰明的統合性能量，這反而讓他的愚蠢成為智慧的表現。

白葡萄[1]

從前有個國王，他有一個獨生女，長得非常美麗，已到了嫁人的年紀。鄰國國王有三個年輕的兒子，他們都愛上了這位公主。

公主的父親對他們三人說：「在我看來，你們三個人不相上下，我不能偏向任何一個。但我也不願看到你們兄弟不和。這樣吧！你們三人去外面闖蕩，六個月後誰能給我帶來一份最精美的禮物，我就讓他做我的女婿。」

三兄弟出發了。到了一個地點，大道分成了三條小路，他們每人選了一條路。

老大旅行了三個月、四個月、五個月，還沒有找到一件值得帶回去當禮物的東西。在第六個月的某天早晨，他正在一座遙遠的城市，聽到旅店窗下叫賣的聲音：「賣地毯！精美的地毯！」他從窗口探頭，那個賣地毯的問他：「您不買一條漂亮的地毯嗎？」

他回答說：「我可不需要地毯！我的宮殿裡到處都鋪著地毯，連廚房也不例外！」

可賣地毯的說：「但有這種功能的地毯，我肯定您沒有。」

「有什麼功能？」

「這條地毯，」賣地毯的人說：「您站在上面，它能每天飛一百里。」

王子用手打了一個響指，說道：「這簡直就是專門為我準備的禮物！您要多少錢，先生？」

賣地毯的說：「一百個銀幣，一個不多，一個不少。」

「成交！」王子說，馬上數給他一百個銀幣。

---

1 伊塔洛・卡爾維諾（Italo Calvino）著，文錚、馬箭飛、魏怡、李帆譯：《意大利童話》，南京：譯林，2009。部分用語略微修正。

王子一站上地毯，地毯就飛向空中，飛越高山和峽谷，飛到了六個月前兄弟三人約定見面的客棧。這時，兩個弟弟還沒有到。

老二也走了很遠，到了很多地方，可是直到最後幾天還沒找到一件稱心的禮物。後來，他遇到一個流動商販，高喊：「望遠鏡！最好的望遠鏡！年輕的先生，您要買望遠鏡嗎？」

「我買望遠鏡幹什麼？」王子說：「我家裡有的是望遠鏡，都是最好的作坊製作的。」

「我敢打賭，您從沒見識過有這種功能的望遠鏡。」賣望遠鏡的人說。

「你的望遠鏡有什麼功能？」

「用這種望遠鏡，您可以看一百里遠，而且不光能看室外的東西，還可以透過牆壁往裡看。」

王子高興得叫了起來：「這正是我想要的！你要多少錢？」

「一百個銀幣。」

「給你一百個銀幣，給我一架望遠鏡。」他帶著望遠鏡到了那個客棧，見了他大哥，兩個人等著小弟回來。

直到六個月後的最後一天，老三什麼也沒找到，他完全失望了。然而在回家的路上，他遇到一個賣水果的小販正在叫賣：「白葡萄！有要買的嗎？來買白葡萄啊！」

王子以前從沒聽說過白葡萄，因為他的國家沒有這種葡萄，於是他問：「你賣的白葡萄好吃嗎？」

「這叫白葡萄，」賣水果的回答說：「簡直沒有比這更好吃的葡萄了。而且它們還有特殊的功效。」

「什麼樣的功效？」

「把一顆葡萄放在一個生命垂危者的嘴裡，他馬上就會恢復健康。」

「真的嗎？」王子說：「要是那樣的話，我馬上就買，你怎麼賣？」

「嗯，論顆賣，既然您要買，那就每顆一百銀幣。」

王子口袋裡僅有三百銀幣，他就只能買三顆。他把買來的葡萄放到一個小盒子裡收好，周圍塞上棉絮，就去找兩個哥哥了。

兄弟三人在客棧裡見了面，相互詢問各自買來了什麼禮物。

「我？一張小地毯。」老大說

「我有一架小望遠鏡。」老二說。

「我只有一點水果，僅此而已。」老三說。

「不知道現在家裡的情況怎麼樣，公主在宮殿裡做什麼？」他們之中的一個說。

老二若無其事地將他的望遠鏡對準了自己國家的都城。那裡情況一切如常。接著，他又向鄰國望去，因為他們心愛的人在那裡，突然，他喊了一聲。

「怎麼回事？」老大和老三問。

「你們知道我看見了什麼嗎？」老二說：「我看見了我們心愛的人的宮殿，外面停著一排馬車，人們都在傷心地捶胸頓足。宮殿裡有一位醫生和一名神父站在一個人的旁邊，沒錯，是在公主的床邊。她躺在那裡一動也不動，臉色蒼白，像是死了一樣。快！兄弟們，我們要趕到她那裡去，否則就來不及了，她快要死啦！」

「我們沒辦法趕到呀！到那裡有五十多里路呢！」

「別擔心，」老大說：「我們會及時趕到的。快！都站到我的地毯上來！」

地毯一直飛到公主的房間，並從窗口飛了進去，降落在公主床邊。地毯落在那裡，就像一塊普通的腳墊，兄弟三人站在上面。

老三這時已把三顆白葡萄旁邊的棉絮拿掉，將其中一顆放進公主蒼白的嘴唇裡，公主吞了下去，馬上睜開了眼睛。接著，王子把第二顆葡萄放到她的嘴裡，她的皮膚立刻紅潤起來。他又把最後一顆葡萄給公主吃下，她立刻恢復呼吸，並舉起了手臂。她恢復了，從床上坐起來，叫侍女給她穿上最美麗的衣服。

大家都興高采烈，老三說：「我贏了！公主將做我的新娘。沒有白葡萄，她現在已經死了！」

「不，弟弟，」老二抗議說：「要不是我有望遠鏡，或者我不告訴你公主病危的話，你的葡萄就毫無用處。因此，我要跟公主結婚。」

「對不起，弟弟，」老大插嘴說：「公主是我的，誰也不能從我身邊把她搶走。你們的貢獻跟我的地毯比起來算不得什麼，因為我們能及時趕到這裡，都靠我的地毯，你們的望遠鏡和葡萄根本不行。」

國王原本想要避免的糾紛就這樣比先前更激烈地爆發了。為了解決這件事，國王決定把女兒嫁給第四個求婚者，此人是空手來的，什麼都沒帶。

故事解析

無為與無用：生命中經常被遺忘的面向

什麼也沒做的求婚者娶到了美麗的公主，童話的結尾讓人不由得捧腹大笑。

我們在上一篇談到愚人／搗蛋鬼（fool／trickster）這個詞背後的騙子意涵，他是神話中的惡作劇之神。但童話想表達的不僅只有騙與惡，還有不勞而獲的意思，幸運兒什麼也沒做就得到了強盜的幫助，第四個求婚者更是直接接到了天上掉下來的餡餅，娶到了公主。

他們依靠的不是幸運，而是「無為」。

關於無為，最知名的闡述者莫過於老子，他在《道德經》裡頭說：「道常無為而無不為。侯王若能守之，萬物將自化。」又說：「為學日益，為道日損，損之又損，以至於無為，無為而無不為。」

老子連著兩次將「無為」與「無不為」並提，或許想要表達的是無為本身的用處。因此他才講「有之以為利，無之以為用。」若是房子內沒有「無」的空間，就不能稱作房子，同樣地，器具內沒有用以盛物的「無」，就不能裝載物品。有的優勢之所以能成立，是依靠無的存在。

相似的概念在《莊子》中則稱為「無用」。

在〈人間世〉中有一則寓言：有個匠人在旅行途中見到了一棵被當作社樹的大櫟樹，「其大蔽數千牛」，跟山一樣高，樹幹有百人圍起來那麼粗，光能做成船的樹枝就有十幾枝，看這巨木的人多如市集，匠人卻一眼也沒看就走了。

他的徒弟不解地問：「自從追隨老師學習以來，我還沒看過這麼美的木材，怎麼老師不屑一顧呢？」

匠人回答：「別再說了，這是一棵無用的散木，用來造船會沉，用來做棺木會腐朽，用來做器具會毀壞，用來做門戶會流漿，用來做梁柱會生蠹蟲，因為一無是處，所以才能長這麼大。」

沒想到，那天晚上匠人就夢見了櫟樹，它批評匠人：「你把我跟那些優質的樹木做比較嗎？果樹因為自己的果實甜美而被採摘，枝葉盡斷，還沒長大就死了。顯露自身美好的人都容易遭受世俗的打擊。萬物都是如此。我求無用已經很久了，因為無用保全了自己，這正是我的大用。我要是有用，有可能活到現在嗎？你不過是個將死的散人，怎能理解散木呢？」

類似的寓言還有一篇在〈逍遙遊〉裡的故事，是惠子與莊子的問答：

惠子問莊子：「我有一棵很大的樹，名字叫樗。但無論樹幹還是樹枝都歪七扭八的，種在路中間，匠人也不想看一眼。你的言論就和這棵樹一樣，大而無用，又能拿來幹什麼呢？」

莊子回答：「貓和黃鼠狼很會抓老鼠，跳來跳去的，有一天不小心踏進了陷阱或網羅，就會死在裡面。犛牛大得跟天邊的雲一樣，牠很大，但可能不會抓老鼠。但如果你有這麼大的樹可就不同了，為什麼不把它種在無何有之鄉，廣闊的原野，讓來往的旅人能夠逍遙舒適地躺在樹底下休息，這麼一來，它就不需擔心斧頭的威脅，沒有東西可以害它。若它一無是處，就沒有什麼可以讓它受苦了（無所可用，安所困苦哉！）」

在這裡，莊子的無用之用指的是長生，跟老子的無為有著意義上的差別。後者強調的是事物之間的相對性，自然運行的道理。而前者所指的並非相對性，而是與世無爭的態度，包括人該如何自保，以及如何在紛亂的世間擁有不受打擾的生活。老莊二人並不是故意要特立獨行，而是想強調我們生命中經常被遺忘的面向。

誰說努力一定有報償？

分析師河合隼雄也曾討論過類似的概念，他注意到了懶惰的創造性。[2]事實上，這點似乎比較接近老子，而非莊子。但無論如何，他們都為心靈的消極面給出了積極的定義。兩千年來，道家的思想也一直是儒家思想的補償。

「用之則行，舍之則藏。」就指出了中國傳統知識分子人格中的兩面性，儒家是積極入世的，強調治國平天下，而道家則是出世的，強調逍遙無為、道法自然。這一動一靜之間，形塑了中國思想中的陰與陽，也造就了兩種截然不同卻互補共生的精神面貌。

而這篇童話則以令人發噱的方式點出了這項事實。西方的基督教精神是以刻苦、勞動、奉獻為主，因為耶穌本人就是木匠，基督徒長期與社會底層的勞苦大眾站在一起，辛勤工作自然是重要的基督教倫理。怠惰也因此是七宗罪之一。

童話作為在庶民間流行的故事，則對意識層面所提出的要求做出了補償，或者說，是本我的願望對超我所做的反抗。

神話學家喬瑟夫·坎伯說：「幽默是真正神話的試金石。」和偏向字面義的神學教條不同，娛樂的效果並不是為了把心靈送到天神的住處，而是要超越祂們，進入彼岸的虛空。[3]童話的目的是讓聽眾重新成為一個開心的孩子，而不是困在現實秩序中嚴肅的大人。

因此這篇童話也指出了另一個不好說出口的願望，那就是：我們都渴望不勞而獲。同時還暗示著：努力並不一定有回報。三個辛苦了大半年的王子，卻沒人娶到公主，不是嗎？

無用的大用

作為故事的結局，什麼東西都不帶的求婚者才是最後的贏家。這麼說來，無為本身就具有一種積極性，它會以不可理解的方式帶來原先期待的效果。因此我們不可輕忽心靈中各種看似多餘的元素，例如〈睡美人〉中的第十三位仙女，否則她就

2 河合隼雄著，林仁惠譯：《童話心理學》，頁112—117，台北：遠流，2017。
3 喬瑟夫・坎伯（Joseph Campbell）著，朱侃如譯：《千面英雄》，頁188，新北：立緒文化，2008。

會從善良的仙女搖身一變成為禍害人的女巫。反之，那些被我們視為無用的部分，也可能變成使我們獲得成功的臨門一腳。

在日本神話中，大國主神在建造國土時正在憂愁著不知從何下手，遠方有一個很小的神坐著果莢製成的船，穿著以蛾皮製成的衣服過來找他，但除了蟾蜍神之外無人認識。蟾蜍神告訴大國主神，這個神是他的兄弟，叫做少彥名。

原來他實在太小了，出生時竟從父母的指縫中漏了出去。但就在一大一小兩兄弟的通力合作之下，終於創建了國土。而後少彥名便前去常世國（永生不老之國），再也沒有回來。

少彥名是被眾人遺忘的神，被父母疏忽的神，只有遊走於水陸之間的蟾蜍認識他，但他卻協助大國主神完成了「大」所辦不到的事。看似無用的小神，竟是創建國土不可或缺的神。

「泰山不讓土壤，故能成其大；河海不擇細流，故能就其深。」我們在職場上也是一樣，大人物的大常常是小人物的小所造就的。我們在〈魔鬼的三根金頭髮〉裡講過「弱連結」的好處，那些很少互動往來，或者沒有直接利害關係的人，反而特別容易在關鍵時刻扶我們一把；反過來說，他們也能推我們入火坑。之所以寧願得罪君子，也不願得罪小人的原因就在這裡。

閒暇是為了把時間留給自己

這類童話暗示著，心靈內部存有對立相生的結構，此消彼長，生生不息。生命需要留白，才能進行創造。荷蘭人以 niksen 一詞來稱呼這種「無為」的生活態度，在新教倫理的影響下，這個詞過去曾被視為具有負面意義，而今它卻以截然不同的樣貌歸返。

其實觀念本身並沒有變，但人們對觀念的觀念卻改變了。人們開始推崇起無所事事的態度，而這種態度甚至可以再往前推，推到伊比鳩魯學派的哲學家，對他們而言，閒暇與否是一個至高的價值。人沒有義務為他人而活，特別是為陌生人耗去我們的生命。

古羅馬哲學家塞內卡（Seneca）因此指出，無論富裕還是窮苦，人總會有不安的理由。於是生活就這樣被一個又一個的渴望推著向前走。[4]所以幸福的重點是節制我們的慾望。

他把那些真正為自己而活的部分稱為「生命」，為他人而活的部分稱為「時間」。可以這麼說，人之所以感嘆一生短暫，原因就在於時間太多，生命太少。「他們期待夜晚，並因此丟掉了白天；他們恐懼黎明，並因此丟掉了夜晚。」[5]

當然，他口中的閒暇並不是無所事事，而是為了將時間保留給自己，進行精神活動或哲學的學習。但他對世俗成就並不熱衷，所以才會認為那些熱心擔任公職、為他人奉獻的羅馬人根本是在浪費生命。

上帝透過自我放逐，成全了世界萬物

回頭來講，人們之所以看重有用及有為，一部分原因是宗教，但更大的一部分則是為了生存，後者對現代人來說尤其如此。

但絕大多數人都輕看了無為與無用對生存的必要。近代科學之所以在西方出現，原因之一正是有少數貴族與教士熱心追求這些被視為無用的學問。因此對文明的生存與演化來說，無用是完全必要的。

西班牙也有 querencia 這樣的用語，意思是提供給鬥牛士暫時休息的空間。同樣地，若是在鬥牛的過程裡，公牛找到了自己的 querencia，鬥牛士也很容易失敗或受傷。這個暫時休息的空間成為雙方在對決時，誰能勝出的關鍵。

猶太神祕主義思想卡巴拉對歐洲思想影響甚深，裡面有個重要的術語叫做 tsim-tsum，意思是撤退。如果上帝無所不在，世間萬物將無法生存。因此上帝使自己退出，萬物方能生長。卡巴拉思想認為，全能全知的上帝並不是最高的善，而是退出世界、漠不關心的上帝。祂透過自我放逐，方而成全了世界。

這麼說來，放棄並不代表軟弱，冷漠也不代表愛的相反。藉由拋棄一切，我們反而讓所愛之人獲得了喘息的空間。這點也值得我們思考。

所以無用的另一面也跟控制有關。我們越想控制每件事，確保事情會如我們預

4 塞內卡（Lucius Annaeus Seneca）著，仝欣譯：《論生命之短暫》，頁61，新北：方舟文化，2023。
5 同註4，頁58。

期般發生，就會耗掉更多的成本，帶來更低的效率。最終手段凌駕目的，而把公司或組織給壓垮。越是複雜的事物，人越不可能擁有控制權。換言之，越努力，有時反而越糟糕。

對個人而言，無用則是創造性的預備階段。創造不會從零開始，而是在原先的基礎上增添或刪減。但之所以能增添或刪減，原因常常出在對其他領域的借鏡與啟發。易言之，解方並非不存在，只是藏在視野之外。

如果視野之外的東西被我們視為無用，那麼人就很難在想要創造的領域中進行革新。

即便在創造的醞釀期，人的內在正進行高速而大量的心理運作，從外表也是看不出來的。當事人似乎正在退化，鬍子不刮了，頭髮不剪了，飲食與睡眠也不穩定。這或許是有益的退行，也可能是神經質的退行。換言之，同樣的行為可能是正面的，也可能是病態的。但在結果出來之前，我們無法確定。

那些不來上學的孩子是哪一種呢？這個問題長年困擾著我以及一線的輔導老師們。似乎除了陪伴以外，家人與治療師無事可做。河合隼雄認為這時能做的只有「無為」。6

接納自己有放長假的必要

但是比起無為，他身邊的大人恐怕更會經驗到「無用」的狀態，也就是深深的無力感。從榮格心理學的角度來看，心理能量終將從無為的狀態流向有為，也就是從退化流向行動。但無用感畢竟太惱人了，就連身邊的大人都受不了。更不用說那些處於成長階段，同儕正準備大展身手的當事人，他們恐怕更不是滋味，也更想逃離吧？

「要怎樣才能熬過退行呢？」這樣的問題我經常被詢問。問題或許就出在前面說的「想逃離」。

無為必須被「接納」，我們接納自己的無用，接納自己無事想做，無功可成，接納自己這樣的狀態完全合理且正常，而且值得尊重。就像日劇《長假》說的那樣，「人生不如意的時候，是上帝給的長假，這個時候應該好好享受假期。」

6 同註2。

都說心急吃不得熱豆腐，拒學或憂鬱狀態就是一碗很熱、很熱的豆腐。我們都希望能為這樣的自己或親友做一點什麼，但有時越努力反而越糟糕。還是希望讀者朋友們，如果事不可為，請允許自己或你的親友、孩子放一個長長的假期吧！

河合隼雄在分析懶惰與無為的關係時，也提到了一件有趣的事，那就是童話並不是一面倒地支持懶惰的優點。[7]事實上，人格中的所有事物都有兩面性，莊子的寓言雖然說有用的果樹容易早夭，但我們知道，果樹其實更容易活著，因為它有利用價值。

同樣地，無用的事物不見得都能長生，很可能更容易被丟棄或翦除。所以，我們也不要過分強調無用與無為的益處才好。

舉個例子，似乎很少人注意到莊子在〈人間世〉寓言的後面還有一小段耐人尋味的話。

匠人醒來後將夢告訴徒弟，徒弟問老師：「如果無用真的有大用，何必當社樹讓人崇拜呢？」社樹就是村莊祭拜的樹神，我們現在還能見到「樹頭公」這樣的名詞，指的就是社樹。

匠人卻告訴徒弟：「噓！小聲點，別讓它聽到……若不是當社神，它早就被砍掉了。它用來自保的方法，不是外人可以衡量的。」

換言之，無用雖有大用，但也得找到可以接納自己無用的位置，否則處境同樣危險。瞧！想躺平也得先找好床才行。

三與四：心靈的不同面向

讀者可能也發現了，這篇童話中的勝利者是個沒有名字的、消極的第四者，用以補足三位王子所代表的積極面。

數字三與四在童話中屢屢出現，不僅是在〈白境的三個公主〉裡我們反覆看見了三的運用：三位公主、三個動物的主人、自性的三次顯像（頭顱、老人、三個國王），這一篇童話也告訴你有三位王子同時愛上了公主。

榮格偏愛四，他認為四代表著完整，無論是作為時序的春夏秋冬，還是作為方位的東西南北，我們都用數字四來區分，這表示我們的集體潛意識中，有著四的原型，我們靠它定位，靠它辨別。他也藉此建立了四大心理功能。

7 同註2，頁117—120。

雖如此，榮格也注意到了三的頻繁出現。凱爾特神話對三的偏愛最為有名，例如戰爭、死亡，與性愛女神摩莉甘（Morrigan），她還同時具有巴德（Badb）和瑪查（Macha）這一對孿生姐妹的形象，因此是三位一體的女神；愛爾蘭這座島嶼本身的人格神也是三位女神：愛麗尤（Ériu）芙德拉（Fódla）、和邦芭（Banbha）；神話英雄庫胡林將頭髮編成三束髮辮，殺敵人時一次殺三個；以及三重死亡的處死方式（刺死、燒死、淹死）。

除此之外，考古中也大量出土了三張臉孔的人頭，不論是在石柱還是大鍋上都是。三這個數字可能最初是為了呈現「過去、現在、未來」的概念，或者上層、中層與下層的三重世界體系。這一宗教特點和基督教的三位一體觀彼此相容，這亦是基督教之所以能快速在愛爾蘭—威爾斯地區傳播的原因之一。

希臘神話的古神也有濃厚的三元色彩，除了先前在〈魔鬼的三根金頭髮〉中提過的復仇三女神之外，神格高於宙斯的命運三女神（Moirae，意思為分配者）也以三的形象出現。

分析師愛德華．艾丁傑曾對此做過專門的探討，他發現榮格在多數情況下會說三是未完成的或者中斷的四。[8]也就是說，他認為三還等著實現，而四則是已實現。對於基督教的三位一體，榮格則認為其實是少了物質元素的參與，或者說，是黑暗與邪惡的參與。[9]

三或許是某個時期的需要，但人若要走向個體化，除了精神層面的三之外，必須加入魔鬼的元素，使其成為四。[10]從此點來說，恐懼金錢的誘惑，對物質享樂或內心之惡處處提防的人，也不會完整。

艾丁傑還說，三與四其實是心靈的兩個不同側面，它們各有各的功用，在自己的領域內都是完整的。三位一體象徵著隨時間而出現的成長、發展與運動，讀者可以想成是過去、現在、未來，或者開始、中間與結束。而四位一體則傳遞出穩定與平靜的永恆感。總結來說，他認為，三象徵著過程，四象徵著目標。[11]

8 愛德華・艾丁傑（Edward F. Edinger）著，王浩威、劉娜譯：《自我與原型》，頁290—311，心靈工坊，2023。
9 同註8。
10 同註8。
11 同註8。

從這個觀點來看，就不難看出為什麼是由第四個求婚者和公主結婚，並成為國王的繼承人了。因為象徵行動面的三個王子必須努力地將公主救醒，這樣第四位求婚者才可以作為完整的最後一里路而出現。透過與公主的婚姻，展現出無為的求婚者將整個王國或者過分看重意識與行動層面的人格做出更新。

簡單來說，人生得三分用心，配合一分無心；三分努力，加上一分隨意才行。

正念與深觀

正念（mindfulness，也就是專注）的流行也反映了我們這個時代對無為或無用的重視。在那之前，正念或內觀（一種與自己的念頭及感受保持距離的禪修方法）所強調的專注與抽離，常被心理學家覺得很可疑。對西方人來說，不可能有人能抓住念頭。但在佛教僧侶與部分心理學家的共同努力之下，越來越多人藉由調整呼吸或者禪修，掌握到了將念頭慢下來的方法。

禪修時，我們看起來什麼也沒做，只是練習放慢，或者把注意力回到呼吸上。但就是因為放慢了，我們才能深觀，深觀萬事萬物之間的相互聯繫，所有生物與非生物的命運彼此交織，彼此包含。沒有人是孤獨的，也沒有事物能夠獨立存在。

正念的重要推手一行禪師很強調深觀。[12]我們深觀一朵花，看見了當它還是種子的時候，陽光照拂了它，雨水滋潤了它。它的根扎在黑暗的土裡吸收著各種昆蟲與動植物死後所遺留下的養分，接受不同生命的供養，而後它開成了花，接著它死去，進入更大的循環裡。

我們深觀自己，我們身上留著父母的血液，細胞中留有他們的基因。我們的父母又有他們各自的父母，往上，再往上，你會看見，原來我們竟是萬千個陌生人因愛或緣分結合下的產物。不僅我是如此，他人也是如此。這麼一想，原來生命是何等珍貴，人與人的相逢又是何等殊勝，就是千年也難得一遇。

我們深觀一朵雲，在它身上看見了大海；深觀一滴水，在它身上看見了一朵雲。好比夜空中的每顆星星，有如寶石般地映射著彼此的光芒。生生不息的是這張網，作為集體的一部分，它無窮無盡，而作為一個個體，我們卻極其有限，都得經歷成住壞空。出現，然後死去，復歸於更大或更微細的空間。

12 一行禪師著，汪橋譯：《和好：療癒你的內在小孩》，新北：自由之丘，2020。後面關於花、人與雲的例子均取自本書，文字則由作者略微修改。

但我們得在生時去體驗無，才能明白一切都在變化，都在流動。那外表看似靜止的禪修者，內在反而有個強健的核心，能時時收攝自己的心念，而不是被情緒或眼前的事物給帶走。

因為能安於無為，能保持專注，我們的行動才不會淪為躁動。這兩者的差別很好辨識，躁動者講話又快又急，想法很多但不切實際，概念發散卻抓不到核心。不少現代人都有一點躁動的現象，頻繁地發文只為在社群媒體上得到認同，言行越趨極端只求得到更多人的注意。

公主的復活：世界終結與重新開始

這則童話也令我們想起了《狄米特尋女》的故事，被黑帝斯擄走的波瑟芬在冥府裡吃了無花果，每年得在冥府待滿半年。此時大地陷入冬季，直到波瑟芬再度返回人間，因此冥后也成為了春神。葡萄本身意味著再生，我們曾在〈魔鬼的三根金頭髮〉裡談過它，當它被榨汁而死去時，所釀的酒成為了神聖的祭物，酒神也成為了重要的崇拜對象。就此而言，白葡萄是這個童話裡最重要的象徵。

因此，公主的復活也象徵著春天的再臨，而她嫁給「無」所象徵的黑暗，那個不知名的求婚者，就重演了波瑟芬的故事。一個少女變母親，單純變成熟，死亡後復活的故事。

我將本書的最後一章停在這裡是有意義的，因為接在行動之後的是休憩，這篇童話為我們指出了數字四的存在。在神祕學裡有一種說法，4就是新的1，因為1＋2＋3＋4＝10，10可以拆解成1＋0＝1，所以10也是新的1，然後是2、3，再次迎來下一個4。換句話說，數字四既是舊事物的結束，也是新事物的開端。

數字三與數字四因此就是新與舊之間的輪迴。用神話學家喬瑟夫．坎伯的話來說，這是世界終結和重新開始的智慧，因為昨日的英雄終將成為明日的暴君。[13]英雄雖然殺死了惡龍，或者說，我們雖然勝過了自己的父母，但除非我們將自己釘上十字架，否則我們也將成為他人眼中的舊事物或是既得利益者的代表。

「自黑」與「自汙」因此成為某種處世的智慧，這裡頭有著真正的謙遜，同時人也要留心自己隨時有成為〈魔鬼的三根金頭髮〉中壞國王的可能性。

13同註3，頁387。

童話為我們帶來啟發，童話為我們帶來歡笑。當公主吃下三顆神奇的白葡萄而復活之後，象徵著新生命的她自然不可能再回頭接納三位王子中的任何一個，她和「無」結婚，意味著舊生命自此結束，也自此開始。

關於無的智慧，也正是深度心理學的智慧。研究潛意識的深度心理學，總是被認為毫無用處，也難以理解。我們既不提供明確可行的治療步驟，也無法讓人一目了然弄懂自己的夢境。許多人批評這個學派的模糊，但只要願意理解它，就會被心靈的複雜與奧妙給吸引。

心靈猶如一座寶庫，而深度心理學則是開啟這座寶庫的鑰匙。從佛洛伊德以降，歷經數代及不同學派分析師的整理，累積了豐富的知識。人的心靈絕對不是等待書寫的乾淨白紙，而是湧動著奇思妙想的萬花筒，有著自己的生命。

人就這樣掙扎於意識與潛意識的拉扯中，慢慢走出自己獨特的人生路。我們要時時提醒自己，在將一隻眼睛看向外面的同時，讓另一隻眼睛看向裡面，這才能在有限的生命中儘量地開展自己的潛能。縱使童話濃縮了我們都會遇見的人生場景，但開展自我的路絕對不可能與他人相同。

或許讀者手上已有了被我們稱為「個體化」的地圖，但路上的風景是怎麼說也說不完、說不清的，這也是為何我們在閱讀童話時，會覺得陌生又熟悉的原因。

給聰明讀者的提醒：

一陰一陽之謂道。

動靜之間，無為與無所不為之間，無用與大用之間存在著巧妙的聯繫。如果我們必須過度努力或微笑憂鬱才能活著，那我們也只活出了一半的生命。

如果沒有無，我們就很難體會空。生活沒有留白，我們就很難深觀無常。我在這裡模糊了「無」與「空」的概念，因為我想探討的不是形上學，而是要強調這樣的事實：我們應該讓自己保留足夠的餘裕，並在積極的行動之後，留心那些在趕路過程中被我們丟棄的東西。

我們活在一個越來越強調高效，也越來越沒有耐性的世界。短影音盛行，人與人的相處也越來越直接，因為雙方都沒有保留認識彼此的時間。我們的生命被智慧型手機切割得越來越零碎，因此我們的經驗也都是破碎的。分心在這個時代變成了一項美德，而不再是缺陷。聰明的人經常被當成可以一心多用的人。

但研究告訴我們，大腦其實無法多工作業，我們以為的一心多用，主要是大腦在不同任務裡快速切換帶來的錯覺。我們的心智一次只能處理一件事，太多的資訊會加重我們認知的負荷，認知超載的結果，是讓人的腦力下降，心力也跟著耗損。

因為不能專注和活在當下，人經常覺得無意義，需要尋求刺激。

但多數人需要的其實不是更多的刺激，而是有意識地放慢，是「無為」。否則莊子的大樹就找不到「無何有之鄉」可以種植，個體化的旅人也就沒有地方可以休憩。

但無為也不是人生所有問題的答案，它只是提示了我們另一條路，一個看似蠢笨、荒唐卻可能有效的路。任何想要照本宣科的聰明讀者，萬萬不要囫圇吞棗，全盤接受，以免畫虎不成反類犬了。

真正要放在心裡的是以陰陽為代表的兩極性，靜極思動，熱極則風。我們的心靈遵循著物極必反的原則，時時在流動。每種態度或情感都是過猶不及，我們應當在生活中自覺地保持彈性，才可能有健康的人生。

四的法則不僅限於無為，同時也代表物質與邪惡的面向。醜化金錢，敵視身體快感，及不願瞭解自身黑暗面的人，同樣容易失衡。聰明的人懂得謙遜，懂得幽默，他們的內在小孩總是歡快，並且隨時準備捧腹大笑。

他們是什麼也沒準備的第四個求婚者，但宇宙卻早已為他們人生的難題備妥了解方。

後記

從前從前，在一個很遠很遠的地方，那裡住著所有人類的夢，而今我們還在那場夢裡等著醒來。那場夢會給我們考驗，給我們難關，如果你忘記接下來該怎麼做，那就將童話打開。

你熟悉的主角還在書裡，請從他們身上得到指引吧！

所有在成長過程中失去勇氣的朋友，童話裡的孩子跟你們一樣也曾跌跌撞撞。他們或者遇見了野狼、碰見了可怕的男人、用家中唯一的財產換回了豆子，或者在河裡飄蕩。但他們人人都成功地脫了險，而且帶回令人稱羨的寶物，完成了大人交代的任務。

童話是說給每個孩子聽的故事，不分性別，不分善惡，人人都可以從裡頭看見給自己的提醒。我真希望每個孩子旁邊都有一個不厭其煩講故事給他們聽的大人，因此當我知道台灣各地的校園和圖書館有那麼多的繪本志工或故事媽媽／爸爸時，我深刻感覺到有某種堅韌的力量在生根，有某種精神將每個人相互聯繫。

失去童話的孩子或大人經常是委靡的，他們打從心裡不再信任魔法，不再相信自己能成為英雄。我為他們難過。因為與創傷個案的工作經驗告訴我，他們常有意無意地依賴童話裡的情節來自我撫慰並仰望救贖。這表示我們的心靈一直潛藏著各種故事的種子，它會在自我遭受來自環境的強大惡意時保護我們。

奇幻文學大師娥蘇拉．勒瑰恩曾說，只有迷失真理的心靈才會相信黑暗並不存在。[1] 換言之，他們往往才是那個被黑暗蠱惑的人。同樣地，我也認為只有迷失真理的心靈才會相信童話純屬無用的虛構。

這類的鄙夷或嘲諷經常反映著個人生命的空洞，有太多當事人是抱著對童話的懷疑進入晤談室，最後卻帶著眼淚離開的。在那樣的探索中，我們再次成為了孩子，成為了故事裡的男女主角。我們會發現自己其實才走在半路，卻自負地以為自己早已走到終點，然後怨恨著童話的結尾都是騙人的。

1 娥蘇拉．勒瑰恩（Ursula K. Le Guin）著，蔡美玲譯：《地海古墓》，頁169，新北：木馬文化，2017。

不，童話沒有騙人。我們的苦難及迷惘正是童話多次用不同象徵提醒過我們的，但無一例外的是，童話告訴你，一切都有辦法解決，樂觀、勇敢的孩子一定能夠成功。

那個孩子不是別人，就是現在正在閱讀這本書的你。

謝謝你耐著性子讀到了這裡，我的朋友。人生都不完美，因為人本來就不完美。多數的難題並沒有滿分的解方，但沒關係，正是缺陷才讓我們變得獨特，才讓我們的生命精彩有趣。

請記得為自己驕傲，也請一起在大我的面前保持謙卑，我會為每個受苦的讀者祈禱。「青山一道同雲雨，明月何曾是兩鄉」。即便你我不認識，那不妨礙我們同是集體心靈的一分子。

且讓這本書，成為榮格心理學對世界的贈禮。

童話裡的心理學

出　　版／楓樹林出版事業有限公司
地　　址／新北市板橋區信義路163巷3號10樓
郵政劃撥／19907596 楓書坊文化出版社
網　　址／www.maplebook.com.tw
電　　話／02-2957-6096
傳　　真／02-2957-6435
作　　者／鐘穎
企劃編輯／陳依萱
書封設計／許晉維
插　　畫／陳狐狸（whooli chen）
校　　對／黃薇霓、鄭采縈
港澳經銷／泛華發行代理有限公司
定　　價／420元
出版日期／2024年11月

國家圖書館出版品預行編目資料

童話裡的心理學 / 鐘穎作. -- 初版. -- 新北市：楓樹林出版事業有限公司, 2024.11
面；　公分
ISBN 978-626-7499-41-2（平裝）
1. 文學心理學 2. 童話
810.14　　113014858